作 家 小 书 房

一 切 都 源 自 童 年

吉祥时光

张之路/著

作家出版社

图书在版编目（CIP）数据

吉祥时光 / 张之路著. -- 北京：作家出版社，
2016. 12（2018.6 重印）

ISBN 978-7-5063-9301-0

Ⅰ. ①吉… Ⅱ. ①张… Ⅲ. ①长篇小说 – 中国 – 当代
Ⅳ. ① I247.5

中国版本图书馆CIP数据核字（2016）第311410号

吉祥时光

作　　者：张之路
责任编辑：左　昳　邢宝丹
装帧设计：薛　瑾
出版发行　作家出版社
社　　址：北京农展馆南里10号　　　邮　　编：100125
电话传真：86-10-65930756（出版发行部）
　　　　　86-10-65004079（总编室）
　　　　　86-10-65015116（邮购部）
E-mail:zuojia@zuojia.net.cn
http://www.haozuojia.com（作家在线）
印　　刷：中煤（北京）印务有限公司
成品尺寸：148×210
字　　数：150千
印　　张：9.625
印　　数：60001-70000
版　　次：2016年12月第1版
印　　次：2018年6月第5次印刷
ISBN　978-7-5063-9301-0
定　　价：28.00元

张之路

　　著名作家、剧作家，现为中国作家协会儿童文学委员会副主任、中国电影家协会儿童电影委员会会长。曾获国际安徒生奖提名奖以及中国安徒生奖。著有长篇小说《霹雳贝贝》《第三军团》《非法智慧》《汉字奇兵》等，作品曾获国家图书奖、全国优秀儿童文学奖、宋庆龄儿童文学奖等。小说《羚羊木雕》和童话《在牛肚子里旅行》分别被选入中学和小学语文课本。

　　另著有电影理论专著《中国少年儿童电影史论》，剧本《霹雳贝贝》《魔表》《第三军团》《妈妈》等。曾获中国电影华表奖、电影童牛奖、夏衍电影文学奖、电视剧飞天奖、开罗国际儿童电影节金奖等奖项。

吉祥时光

目 录

引 子

有一天收拾东西，我忽然发现书柜的深处放着一个有些泛黄的白色布袋。打开一看，那是一堆彩色的小石子。虽然它们已经暗淡了，可我立刻记起来几十年前它们的模样儿……

　　家里有一个透明的玻璃瓶，汽水瓶般高矮，水果罐头瓶般胖瘦。瓶口不大，玻璃塞子也很秀气。从外面可以看到塞子和瓶口是磨砂的。瓶子里面装满彩色的小石子，红色的、绿色的、褐色的、黄色的……那些有小手指肚大小的石子被水浸泡着，拥挤在一起不能动弹。石在水里，水在石间，十分美丽！

　　我从记事的时候起，就看见瓶子放在窗前的茶几上。一年、两年、十年、二十年……我几次想把瓶子上面的塞子拔出来，看看里面的石子，可是根本打不开。母亲摇摇头说："我也打不开，这些石子聚在瓶子里，是个景儿，如果真的打开了，石子散了，就什么也不是了。"

　　有一年，家里发生变故，有人把瓶子摔在花砖地上。水流出来，石子撒了一地。我下意识地蹲下去，想把石子往碎瓶子里捡。玻璃碎片割破了我的手,鲜红的血滴在石子上。母亲把它们拾起来,装进了一个小小的白色布袋里……

……

今天,我重新把石子放到水里,就像老朋友相见,水里的石子立刻有了光泽,有了灵气,仿佛有了呼吸,有了生命。它们虽然小,但每块与每块都是那样的不同,它们身上的花纹美丽而曲折,却又那样的自然,似乎要对我开口说话。望着这些久违的石子,我忽然感觉,眼前,这每一块彩色石子都是我童年里一段凝固的时光。它们是那样的悠久,又是那样的短暂;它们是那样的伟大,又是那样的渺小;它们是那样的奇特,又是那样的平凡……

于是,我找来一个与原来那个玻璃瓶差不多的瓶子,把那些小石子一个一个捡回来,放进去,红色的、绿色的、褐色的、黄色的……正像母亲说的,这些石子聚在瓶子里,是个景儿。

第一章

幼稚园

1948 年的北平,冬天格外冷,滴水成冰。

房顶上融化的雪水还没有来得及流到地上,半路上又被冻住了。家家户户房檐下都垂着几绺冰凌子,和着烟筒的烟油变成浓重的黄褐色,一个月也不见融化。

早晨,谁也不愿意从被窝里爬出来。倒不是没睡够,的确是屋里冷得厉害。不管煤球炉子灭还是没灭,窗玻璃上都结满了冰花,那图案好看而诡异,每天都不同。但大致上,都是一排排密密匝匝树叶繁茂的白银般树林的模样儿。有时候,"树林"里面隐隐有只"白熊",定睛看,那"白熊"变得更加清楚。有时候则不是"熊",是好几只模样一样的"飞鸟"……

若把被子偶尔掀开一角,能看见宝贵的热气一缕缕地流淌到外面来。哈一口气,眼前便出现一团浓浓的雾。

过一会儿,便有鼓捣炉子的声音响起来,接着就是父亲或者母亲的声音。这时候小祥就格外仔细地听,他知道每天这时能听到的永远是那两个不同的答案,但依然每天都期待着揭晓究竟是哪一个。

"昨天没封好，着过了。"这就意味着炉火已经灭了。

"还行，火一会儿就上。"这就是说，炉火还着着。

每次听到后一个答案，小祥便觉得屋子里变得暖和起来，心中也充满了希望。

睡觉前"封火"可是个技术活儿——封得太严实，底煤燃尽了，新煤却还没烧起来，火就给"封死了"；封得太松，新煤半夜已经燃尽，早晨就是一片冰冷。四岁的小祥知道，炉子是个很不好伺候的东西。寒冷的早晨要是重生炉子，那屋里不但冷，而且立刻就会被炉灰弄得暴土扬烟。

那时候的元旦新年被叫作阳历年，没什么人过。农历年才是正经八百的年，那叫春节。

1949 年的春节就要到了，但是北平城里一片死气沉沉，没有人有心思过年，整个腊月里到处都停业、停学、停工。街上的行人稀稀拉拉，拉三轮的也少了，只有穿着黄灰军装的士兵三三两两地在街上巡逻。小孩子们说话的声音也变小了，只看着大人们一脸茫然的神色。大家都在默默地等待，不知道明天会发生什么事情。

中国人民解放军包围了当时还叫作北平的北京城。守城的是国民党的部队,司令叫傅作义。"围而不打"是解放军的策略。西直门外,从西山的方向不时传来炮声。

北平城里实行"宵禁"。也就是说,天一擦黑,人就不让到街上走了。如果白天都不许上街,那叫"戒严"。

一天早晨,小祥家院子的门铃响了,院门也被敲得咚咚响。父亲急忙穿好衣服去开门。院子太深,从屋门到院门要走一会儿。敲门声一直响个不停。父亲明白,一定是出大事了!

进来的人是父亲的好朋友郑大爷。

父亲把郑大爷让到屋里,郑大爷一面跺着脚搓着手暖和着身子一面说:"南小街那边家家都住上部队了……"

"解放军进城了?"父亲问。

郑大爷摇摇头:"是傅作义的部队撤进城里了——没打。你这儿临南小街这么近,院子这么大,我怕也住了部队。"

父亲拉着郑大爷的手,很动感情地说:"好朋友啊!还惦记着我们。"

母亲在一边双手合十:"谢谢郑先生,谢谢郑先生……"

"万一来了部队,别急也别怕。他们看见有空房才住,白天他们要集合,顶多在家里做个饭什么的!"郑大爷又说。

父亲连连点头。

郑大爷又特意对小祥说:"小祥,不怕。"

小祥不知道说什么,母亲连忙招呼小祥:"还不谢谢郑大爷!"

郑大爷走了。小祥永远忘不了郑大爷朝他微微一笑的样子。郑大爷身材高大,声音洪亮,满口山东老家的乡音。

那一天,小祥还是被母亲送到了幼稚园,幼稚园离家不远,就在东观音寺胡同的东口。那是北平师范学校附属的幼稚园,一个非常好的地方。

母亲是家庭妇女,但是她有"见识"——不能让孩子耽误"功课"。

那一天对小祥来讲是很难熬的,不但寂寞,还有点儿害怕。好几个小伙伴都没有来上学。

他一直坐在幼稚园的走廊上,看着北房后面的天空。北房像个大庙,红墙绿瓦,还有明亮的大玻璃窗。房后面有棵大槐树,现在树叶都落了,光秃秃的枝杈越过屋顶伸向天空。整个幼稚园显得宁静而空旷……小祥盼着母亲早早地来接他。

好像等了好长好长时间,终于,母亲出现了,领着小祥走出幼稚园的大门。他心里立刻踏实了许多。

小祥的大名叫吉祥,那年才四岁,家住在离西直门不远的一个叫大乘巷的胡同里。

　　"太太,要车吗?"一个拉三轮的从西往东走,看见小祥和母亲,停了下来。小祥知道,母亲是不会要三轮车的,这里到家一点儿也不远。即便是从家到西单那么远的路,母亲也只会带着小祥坐有轨电车。母亲没有什么钱,所以小祥就是累了也只会要求母亲歇一会儿再走。

　　母亲摆摆手,拉着小祥往西边的小乘巷胡同走。

　　"太太,您给个价儿!"拉三轮的不甘心,还把车头掉转过来做好了随时拉客的准备。母亲又摆摆手:"劳驾您了,不远,一会儿就到!"

　　小祥家住在大乘巷,与东观音寺胡同中间有条拐了三四道小弯的胡同连接,那条弯弯曲曲的胡同就是小乘巷。小乘巷虽然没有大乘巷宽,但里面的弯可不少。那里住着好多有意思的人,还发生了好多有意思的事情。小祥的好朋友章景恩就住在小乘巷。章景恩的叔叔毛笔字写得特别好,很久以后小祥才知道他是个大书法家。那时候小祥进门看见他就叫章大爷,小孩子不懂得名人和普通老百姓的区别,更不知道书法家意味着什么。小祥只是觉得章大爷家的院子很小,经常看到章大爷在院里洗脚。面前一个铜脚盆,还有一条雪白的毛巾握在他的手里……

小祥正想着,小乘巷里突然走出一个长得很富态的高个儿胖子,穿得很体面,簇新的蓝大褂,手里还拎个公文包。只见他步履匆匆,满脸通红,像在躲避什么,但是碍于面子,又不好走得太快。看见三轮车,他就像见到了救星,急忙扬手叫起来:"三轮——三轮——"

母亲本能地攥紧了小祥的手。小祥则好奇地朝小乘巷里面张望,还没等看清什么,一阵咒骂声从胡同里传出来。

"跑什么呀!给谁奔丧呀!像你这种人,老家儿肯定早就玩儿完了,你说不定是哪个烂石头缝里蹦出来的!留着钱干吗呀,买棺材呀……"

一个中年妇女带着个十五六岁的大姑娘出现在小乘巷胡同拐弯的地方,雄赳赳、气昂昂的。

小祥心中一紧,莫名的恐惧立刻涌上心头。他听哥哥大祥说过,这一带最近出现了结伴要饭的娘儿俩,又凶又泼,给吃的不要,就是要钱!一旦被她们跟上了,可就倒了霉。你不给,她们就跟在你后面不停地骂,骂你的祖宗八辈、先人后代……那些别人说不出口的,她们顺口就来,能跟你好几条胡同。许多人被她们缠不过,也只好给几个钱——破财免灾吧。她们要了钱就去买肉包子吃,比小祥家吃得还好呢!

小祥看着眼前的娘儿俩,要说穿着打扮,那可一点儿不像要饭的。衣服虽说不新,却是一个补丁也没有。她们骂人的话虽然狠毒,却骂得不慌不忙,透着一种悠闲,还抑扬顿挫的。那么难听的咒骂,她们说出来就像聊大天儿。这就是一种无赖的架势!一般人肯定不愿意招惹她们。

小祥不想进小乘巷,拉着母亲的手说:"咱们往西去吧。"

母亲没有说话,小祥只觉得手被攥得更紧了。他们没有转弯,径直朝着胡同里面走。

对面的娘儿俩看见有人来了,骂声停顿了一下,没有任何惊讶和不安,只是稍作休息。十几秒钟后,她们又接着骂起来。

眼前的这一段路很短,小祥却觉得走了许久。他期盼着马上和这娘儿俩从脸对脸变成背靠背。他不敢抬头,只看见对方的脚尖。就要相遇的一瞬间,母亲把小祥从她的左边移到了右边,牵他的手从左手换成了右手——母亲成了小祥和那母女俩中间的屏障。

他们擦肩而过,小祥的心里长长地舒了一口气,不由得回过头,想看看刚才的"危险"长得什么样。不料,那个大姑娘恰好也在这个时候转过脸来。

大姑娘不难看，在小祥见过的女人中，这个大姑娘还真算是好看的。奇怪呀，这么好看的人儿，怎么一副凶神恶煞的样子呢？没有想到，那个大姑娘忽然瞪着眼睛冲着小祥大声说："你瞎看什么？看什么看！"

小祥浑身一激灵。

母亲停下脚步，猛地转身大声说："你吓唬小孩干什么？"

大姑娘怔了一下。小祥的心提到了嗓子眼上，不由得靠在母亲的腿上。没有想到，大姑娘忽然无赖地笑了："我怎么啦？我跟他逗着玩呢——逗着玩也不行呀？"

"挺好的姑娘，可、惜、了……"母亲一字一顿地说。

大姑娘的嘴动了动，没有说话。那位"恶妈"刚要张嘴，大姑娘转身把她拉走了。那一刻，小祥看到大姑娘的眼睛里流露出一丝丝的惊讶和一点点的善良。

看着母女俩的背影，小祥觉得很奇怪，她们没有和母亲吵，怎么就一声不吭地走了呢？

那一天，母亲穿着一件蓝色的呢子大衣，脚下是一双黑色的扣襻布鞋，小祥觉得母亲特别好看。

头顶上响起了悠扬的鸽哨，小祥仰起脸来，看一群鸽子掠过蓝天，朝着观音寺峭立的飞檐俯冲，眼见就要撞到屋顶的绿琉璃瓦，突然又向上拉起高度，齐刷刷地朝天上飞去，鸽哨声渐渐远了……那会儿的北平，几乎没有楼房，一抬头，视野里尽是蔚蓝的天色。

接下来的一两天，父亲总做着部队要住进来的准备，特意把后院的空房打扫得干干净净，结果部队却没有来。

后来大家才听说是傅作义将军和解放军签订了北平和平解放的协议。那一天，根据协议，所有国民党部队必须撤回北平城内，城外由解放军的部队接管。国民党部队进城需要住处，西直门里靠城墙的街上才临时住了部队。

1949年2月的一天，北平和平解放！解放军从西直门进城，居住在西直门一带的老百姓都觉得特别光荣。

几天以后，当地的街坊邻里就流传开一条新闻：说东观音寺一带有位拉三轮车的师傅，居然是共产党的地下工作者，职位还不低。现在北平解放，他的身份可以公开了。于是他不拉三轮去当了官，官还不小！听说是西城区的区长什么的。这种传奇故事在小孩子的嘴里飞快地流传，都说这位师傅是自己胡同口的那位！长什么样？人家说，挺憨厚的，脖子上挂条白手巾，除了对人和气，也没什么特别的。

小祥也想，是不是就是那天招呼他和母亲坐车的三轮车师傅呢？

北平城又恢复了往日安宁的模样。

1949年10月1日，中华人民共和国成立了。那天下午，小祥恰好在对门董大爷家里听收音机。有个男播音员的声音非常好听，董大爷说："这个人叫齐越……"

那年的9月，北平市改名为北京市，成为新中国的首都。

有一天，大祥告诉小祥，听说那对要饭的娘儿俩都到一个街道的合作社去糊火柴盒了。小祥心里一阵欢喜，上幼稚园的时候再也不用担惊受怕了。

第二章

海棠花开

冬天过去,春天来了。许多人家都松了一口气,不用再为取暖买煤花钱了。大家闲聊的时候经常议论一个简单而又"愚蠢"的问题:是冬天好过还是夏天好过?

大家议论纷纷,通常是夏天的时候说冬天好过,冬天的时候说夏天好过。小祥最信服母亲的结论——"要说好过嘛,富人夏天和冬天都好过;要说不好过嘛,穷人夏天和冬天都不好过。不过好在夏天冻不死人……"

说到北京的夏天,小祥立刻就想起了夏日正午最热的时候,整条胡同里空无一人。人也不知道都去哪儿了。肉眼能影影绰绰看见从地上升腾的热气形成的微微发抖的光影。胡同西口的大槐树也显得孤孤单单,只有那种被叫作"伏天儿"的知了"伏天儿、伏天儿"拼命地叫着。全世界都好像在睡午觉。

在小祥的印象中,夏天晚上睡觉前倒好像更难熬,尤其是"憋雨"的天气。空气仿佛凝固了,人就算是只安静地呆坐着,汗水还顺着脖子往下流。大人们一人一把芭蕉扇,坐在院子里扇呀扇呀,一直扇到深更半夜。有人说,落点儿汗了,或者说,有点儿风了,大家才各自回到屋里。

炎热的三伏天,小祥几乎每天晚上都是在母亲扇出的凉风里进入梦乡。小祥问母亲:"咱们是富人还是穷人?"

母亲苦笑着说:"咱们家光有个空架子,不算富人,可比起那些吃不上饭的,咱也不是最穷的……"

母亲说的"空架子"就是小祥家的院子。

小祥家有个很大的院子,中间被一道假山隔成了前后院。单看院子,小祥一家怎么也该算富人。院门虽然不起眼,只是两扇对开的淡粉色的油漆斑驳的木门。不过只要一推开门,便会让走进这个院落的客人惊讶不已。

用"开门见山"来形容进门时候的景象再合适不过。人家说的是"出门"见山,小祥家是"进门"就会见到一道石头建成的假山。

透过假山石上的孔洞,可以隐约看到前院里的房屋和树木。整个假山格局就是"一横一竖":短的"一横"便是开门见到的山——充当影壁的作用;长的"一竖"则把大院子分成前院和后院。前后院的北面都有西洋式样的房子,整个房子被回廊连接起来,所有窗玻璃上都贴着"米"字图案的纸条,那是防空袭的,玻璃碎了也不至于成为碎碴伤人。

假山的右侧是灰色方砖铺成的甬道。甬道再右侧是开阔的草地,草地上有一池白色的芍药。靠着院墙的地方还有棵粉红色的海棠树,芍药和海棠花盛开的时候,小祥仿佛能听见旁边花草窃窃私语的声音……

北京除了四合院,还有些其他格局的院落。小祥家的院子就不是四合院,房子和院子都是西式的风格。听父亲讲,抗日战争之前,小祥的大爷(伯父)买下了这个院子。可惜还没有住,日本人就发动了卢沟桥事变,占领了北京。除了日本的军人,还有很多不拿枪的日本人也住进了北京。这所房子被他们霸占了,听说一共住进了四家日本人。房子又被改造了一下。每家都有能冲水的厕所,厕所隔壁的储物间有个大木桶——父亲说,日本人洗澡就泡在这样的木桶里。前院的客厅很大,墙壁上有拉门,拉开以后就看见上下两个格子,每个格子里都有榻榻米。日本人就睡榻榻米。

南屋就成了这几家人共同的传达室。

小祥家搬进来的时候,这里还住着最后一家日本人,他们住在前院的那间大客厅里。家里有个女孩儿,名字叫玛丽。玛丽的眼睫毛很长,眼睛又大又黑。小祥从没见过玛丽的妈妈,只看见玛丽的爸爸偶尔在院子里抽烟斗。

玛丽的爸爸对小祥很客气,但是管教自己的女儿却非常的粗暴。小祥曾经在院子里听到过玛丽被管教时哭泣的声音。有时候,甚至能听见皮带的呼啸声。至今,小祥仍然不知道玛丽挨打是因为犯了什么错误。

小祥就住在玛丽家的隔壁,每当听见玛丽的哭声,那些窗玻璃上"米"字图案的纸条就格外刺眼。小祥几次想走进那扇门看看玛丽,都被母亲拦住了。

和母亲说起这些事情的时候,母亲总是叹口气说:"他们投降了,要回日本了,心里不高兴就打孩子……"

"玛丽的妈呢?"

母亲摇摇头。看母亲不说话,小祥也不再问,玛丽的妈妈可能不在了。

说起日本人,母亲总要提起舅舅。听母亲说,在山东老家,小祥的舅舅开了一家叫"泰和"的饭庄,日本鬼子占领县城的时候,饭庄还开着。有一次一个日本人到饭庄吃饭喝酒,喝醉了,他把指挥刀架在舅舅的脖子上,说要杀死他。舅舅吓坏了,当晚就躺在床上发起高烧来。一个月不到,舅舅就去世了,他那年才三十几岁!

母亲说,这还是在县城,要是在乡下,庄户人就更惨了。日本兵让女人脱光了衣服,奶子上挂上铃铛,在烧热了的鏊子(烙煎饼的饼铛)上跳舞……

母亲每次说到这里总是唉声叹气,很愤怒的样子。

前院的房子都有地下室,因此房子要高出地面很多,得上八个台阶才能进门。小祥无聊的时候,经常在这里跳台阶,一面跳一面希望玛丽能从那个客厅的门里出来。这个大院子里只有他们两个小孩儿,玛丽比他大一些,大多少说不准,可能两岁吧。

下过雨,院子里会出现许多蜗牛,青灰色,指甲盖大小,北京孩子都管它叫水牛(音"妞")儿。可怜的水牛儿经常被用来做很残忍的比赛。比赛双方的孩子捡起水牛儿用壳上最尖的地方互相顶,被顶碎的算输。当然,个头大的水牛儿壳子是比较坚硬的。

独自一个人的时候,小祥的大部分时间是看着水牛儿从壳里爬出来,先出犄角,再出身子,然后顺着长着青苔的墙往上爬,身后留下一条闪亮的痕迹……

小祥常常想,水牛儿的那两个犄角是世界上最神奇的东西,伸出来的时候那么柔软,却又那么神气地挺直着。它缩在壳子里的时候也是这个样子吗?

小祥教玛丽唱水牛儿的歌:"水牛儿,水牛儿,先出犄角后出头哎,你爹你妈给你买的烧羊肉……你不吃,给猫吃……"

玛丽会说中国话,这个时候她就微笑着和小祥一起唱:"水牛儿……水牛儿……先出犄角后出头哎……"

玛丽很少到街上去玩。有一天,院门敞开着,小祥看见几个小孩子在院门口跳房子(游戏),就叫玛丽一起出去玩。玛丽跟着小祥来到街上。玩跳房子的孩子都比他们年龄大,于是他们就站在一旁呆呆地看。也不知道看了多长时间,背后突然出现了玛丽的爸爸。他没有说一句话,似乎是按着玛丽的肩头往回一拽,就像拎一只小猫似的。玛丽被带回了家。

小祥忽然觉得大事不好。他飞快地跑回家里对母亲说:"玛丽要挨打了。"

母亲一面问着"为什么呀",一面就跟着小祥去敲玛丽的家门。这是他们第一次敲玛丽家的屋门。

门开了,玛丽的爸爸站在门口。玛丽呆呆地站在一张凳子的旁边。

"吉太太有事吗?"玛丽的爸爸问。

母亲手里不知道什么时候拿了一张报纸和一块画粉,她对玛丽的爸爸说:"我有个亲戚的孩子,要我做双鞋,她的脚和玛丽的一样大,我想比着玛丽的脚画个鞋样子……"说着话,母亲把报纸铺在地板上。

小祥愣住了,妈妈不是来救玛丽的吗?怎么说起鞋样子来了?

玛丽的爸爸点点头说:"可以。"说着回头招招手,玛丽走到母亲跟前,脱下鞋,把脚放在报纸上,母亲用画粉围着玛丽的脚在报纸上画呀画呀,画完左脚画右脚,一面还说着玛丽很懂事很乖。可是关于玛丽将要挨打的话,母亲却一句也没有说。

小祥几次给母亲使眼色,母亲就像没有看见。

鞋样子画完了,小祥跟着母亲走出玛丽家门,心里很不踏实。

回到家,小祥问母亲为什么没有说那件事情。

母亲说:"妈妈已经说了,你没有听见就是了……"

小祥还是不明白。

第二天,小祥问玛丽昨天挨打没有。玛丽摇摇头,脸上露出一个微笑,好似院子里盛开的海棠花。

大约两个月后的一天早晨，有人敲小祥家的房门。

母亲去开门，只见玛丽的爸爸拎着一个柳条箱子站在门口，身边是背着个小包袱的玛丽。那天玛丽穿着一件黑色的外套，里面的白衬衣显得她的眼睛越发明亮。玛丽爸爸举着一把钥匙说："吉太太，我们要回国了，钥匙请您收好，谢谢关照！"

小祥的父亲走出来，接过钥匙问："要不要带点儿干粮在路上？"

玛丽的爸爸摆摆手："不用了，我们有吃的。谢谢！"说完，玛丽的爸爸带着女儿走下台阶。刚下到第二个台阶的时候，小祥的母亲忽然说："等一下，我还有个事儿……"

母亲转身走进屋里，一会儿的工夫，她拿着一双崭新的黑色的小布鞋走出来。她把鞋递到玛丽的眼前。

玛丽抬头看看她爸爸。玛丽的爸爸嘴张了张，没有出声，脸上也没有什么表情，只是不停地眨着眼睛。

母亲把鞋塞到玛丽的手上："带上吧，你们前面还有好多路……"

玛丽的爸爸开口了："幸子，谢谢吉太太。"

母亲和小祥都愣了一下——她不是叫玛丽吗，怎么又叫幸子呢？从来没有听说过呀！

幸子给小祥的母亲鞠了个躬，把鞋抱在胸前。她爸爸拍拍她的肩，父女二人转身走了。小祥看着他们的背影，心里有些不好受。

"'幸子'倒真是个日本女孩儿的名字。"母亲自言自语道。

父亲在一边说："这孩子本名可能就叫幸子，她爸爸给她取个'玛丽'的名字，可能是怕大家恨日本人吧……"

小祥忽然跑出门去，他想看看幸子和她的爸爸并肩走在胡同里是个什么样子。他跑到大门口，却看见了一辆大卡车。车上没有车篷，已经站着一些大人，也不知道幸子站在什么地方。

小祥喊起来："幸子——"

卡车发动了。一个小小的身影从几个大人的身后闪了出来。小祥看见了，那是玛丽的脸。那张小脸上绽放出一个像海棠花似的微笑。

第三章

第三只眼睛

玛丽跟着爸爸走了以后,小祥在那个空了的客厅里住了一个多礼拜。他在地板上翻过跟头,在那墙格子里睡过榻榻米。哥哥姐姐也好奇地睡在上面。在母亲再三的督促下,大家才回到了自己原来的住处。

　　小祥那时候太小了,看到的、听到的、梦到的有时候混做一团,分不出真假,还曾闹过不少笑话。

　　有一次,对门的董大爷问他:"小祥,你是从哪儿来的呀?"小祥非常认真地对人家说:"我是和我爸爸坐着飞机从日本来的,还带着我们家的大奔儿……"小祥说的大奔儿是家里养的一条大白狗。小祥一说完,董大爷就笑起来,周围的人也笑。因为小祥在胡说,他爸爸没有出过国,小祥更没有出过国,什么飞机,什么日本,都是睁着眼睛说瞎话。

　　父亲和母亲听说了这件事都给他纠正过,可是小祥心里就是这样想的,他甚至还很仔细地说那飞机的内壁是军绿色的,墙上还有一根根皮带粗细的铁箍……大人只好笑着摇摇头,小祥后来便得了个外号叫"吉大聊"。

母亲并没有责怪小祥"胡说八道",她说小祥这叫说"冒话"。因为小孩子还没有懂事,冒出这样几句话不足为怪,可能是因为小祥家里有几个当飞行员的亲戚,大衣柜的左右玻璃上都贴着带圆圈五星的军绿色美军飞机的招贴画……这些都成了他说"冒话"的依据。

小祥还没有记事的时候,后院里住着父亲的一个远房侄子。山东口音管侄子叫侄儿,两个字却发一个音,干崩利落脆——侄儿!

哥哥姐姐都叫他四哥。抗日战争的时候,四哥是部队的飞行员,开战斗机,和日本鬼子打过空战,立过功。那时候部队飞行员一律都是美式装备,他的军服左上方绣了一只鹰。1945年,抗战胜利了,他就改开民航飞机,胸前的鹰改成了骆驼。那是他最辉煌也是最得意的时候。他带着四嫂住进了这个院子。每当他的吉普车停在院子门口,他都会成为胡同里大人孩子艳羡的对象。

每每回忆到这里,哥哥就说得眉飞色舞。哥哥比小祥大十岁,是个中学生。四哥就是他崇拜的偶像。

"四哥结婚的时候在北京饭店摆了20桌。"哥哥回忆着说。

小祥在一旁静静地听着,似懂非懂。

哥哥和姐姐突然指着小祥:"你也吃过的!"

小祥兴奋起来,既然他们说自己也吃过,可能就是吃过吧。但吃的时候,他根本就不记事——被别人抱着吃宴席,什么记忆也没有。记不起来,也算吃过吗?

姐姐指着哥哥说:"你吃的好东西最多了,爸常带你到'柜上'去,一次也没带我去过!"姐姐显得很不平。

哥哥有些得意地笑了,好一会儿才说:"小祥也去过!"

姐姐说:"他去有什么用,还吃奶呢!爸就是重男轻女!"

小祥知道"柜上"就是后来常说的店铺之类,可能那里有个卖东西的柜台吧。但小祥从来不知道爸爸的"柜上"是什么样子,就像不记得吃过好饭一样。

总结下来,哥哥是享过福的,姐姐是被轻视的可怜虫。不过姐姐津津乐道的是,四哥结婚的时候,四嫂穿的那件婚纱多么多么漂亮。她说的时候总是忘记了刚才被轻视的情绪,眼睛亮晶晶的。

而哥哥总是说起一种美军罐头。他用手比画着:"那罐头有这么大,旁边有把小钥匙,用手轻轻一卷,盒盖就打开了,里面有三片面包、三片火腿、一块奶油。罐头壁上还有五支香烟、五根火柴,最后还有一包咖啡……哈,想得太周到了,吃的喝的抽的全都有了!"

哥哥最后总结说:"要不他们在朝鲜战场上怎么老打败仗呢,说他们卧倒的时候先铺毛毯再架机枪——我信!"

小祥既没有见过四嫂的婚纱,也没有见过那种带香烟的肉罐头。他的记忆中小时候没有吃过太好的东西,只知道家里当时的生活很困难。小祥还经常听妈妈说起老家的那句顺口溜:

人家过年咱过年,人家吃肉咱不馋,

有朝一日过好了,天天十五月月年。

有一天,对门的郭大婶来向母亲借东西,借什么呢? 借大油——就是用肥猪肉"炼"成的油。郭大婶说,大闺女回来了,想炒个菜,用大油炒更香。母亲从厨房里拿出个棕色的小瓷罐子递给郭大婶。郭大婶连连说,不用不用,给我两勺就够用。母亲就拿出一个盘子,从瓷罐里面挖出三勺白花花的大油交给郭大婶……

那时候,家里每月都要买一些板油或者肥肉回来,放到炒菜锅里"炼",不一会儿,板油或者肥肉就成了透明的液体,盛到小瓷罐里，冷却后就会凝固成乳白色的大油（猪油）。炼油的锅子里还剩下一些油渣，每到这个时候，母亲就将它们放到一个小碟子里，再撒上一点点细盐递给小祥："吃吧。"

小祥觉得那是很香很好吃的东西。

快到中午的时候，郭大婶又来了。她拿来一把带着绿叶的小红萝卜递给母亲："这是人家送的，快给孩子洗洗吃，又脆又甜。"母亲说："哎呀，他郭大婶你怎么这么客气，两勺大油算什么呀！"

郭大婶连连摆手："好街坊不说这个……"说着一扭一扭地走了，郭大婶有点儿胖，又是小脚（旧社会缠足），走路一快就有点儿费劲了。说到小脚，母亲总会用感激的口吻说："我没缠小脚得感谢你姥姥，她就不赞成裹小脚。我这才落了个正常脚，还上了几年学。"

姐姐一边吃萝卜一边说："你应该跟姥姥学习……"

母亲说："怎么啦！我让你裹小脚了？"

姐姐声音变小了："你重男轻女……"

"我怎么重男轻女了？"

"你把小祥生得白，把我生得黑……"

母亲咧咧嘴，哭笑不得地说："你这话也就是在家里说，你要到外面说,人家不把你当傻子呀?生白生黑是我说了算的吗?"

"我就随便说说,反正也晚了。"

"你这个脾气就是倔,就不能说点儿让妈妈高兴的话吗?"

按母亲的说法,姐姐什么都好,就是脾气倔。唉,怪不得属牛呢!姐姐有了错,屁股被鸡毛掸子或笤帚疙瘩教训的时候,她从来不求饶,有时候哭也不哭。

"脾气倔也是你生的孩子。"姐姐小声嘟囔。

"你说你求个饶不就完了吗?"对门的郭大婶经常对姐姐说。姐姐点点头,可是下次碰到这种事,还是这个脾气。母亲说,好脾气就有好命,坏脾气一辈子倒霉。

姐姐出生在 1937 年,那年日本鬼子发动了卢沟桥事变。那是全面抗战开始的年份。小祥比姐姐小八岁,他出生在抗日战争胜利的日子里。

由于出生在那个悲惨的年份,姐姐的一切倒霉事儿似乎都和这个痛苦的岁月有关。一母同胞,姐姐皮肤黑,小祥皮肤白。姐姐经常对母亲说,你怎么把我生得这么黑?小祥一个男孩子长那么白有什么用?

每当这个时候,母亲就无可奈何地苦笑说:"怀着你的时候,整天逃难,东躲西藏,吃不好睡不好,心情也不好。这个是碰巧了，没有办法，再说你也不是太黑呀！”

姐姐噘着嘴半天不说话，眼睛里还有泪花在闪烁。

那时候家里没有什么零嘴儿吃，只有院子里结的枣子和葵花子。有一年母亲把葵花子从花盘上搓下来，放到一个面口袋大小的纱罩笼里，吊在厨房旁边的小屋中。过节的时候母亲拿出来准备炒着吃，万万没有想到，整个纱罩笼里只剩下了瓜子皮，瓜子仁儿都没有了。大家知道这准是耗子干的。母亲感慨地说，就是人也嗑不了这么整齐呀……

平常的日子里，姐姐经常从大襟衣服的侧兜里掏出几个铁蚕豆给小祥。铁蚕豆被叫成“铁”蚕豆真是名副其实，牙咬上去的第一个感觉就跟咬在铜钱上一模一样。只是靠小孩子牙齿顽强的咀嚼和那因为馋的欲望而永不枯竭的唾液的浸泡，铁蚕豆才被软化成香喷喷的食物。

家里很少能吃到糖，有一天小祥对姐姐说：“姐姐，你有水果糖吗？我想吃……”

姐姐摇摇头，看看周围，大人们都不在家，哥哥也不在家。姐姐说：“你等着，姐姐给你做糖……”

小祥曾经见过姐姐的“手艺”。大人们不在的时候，她将家里的白糖放到一个大铜勺子里，然后放到灶火上去加热。等糖溶化了之后,她将它们倒在一块早已预备好的玻璃上,糖自然地流淌成云彩的形状。趁糖还没有完全凝固,她在"云彩"上用菜刀的背儿画上一个个格子,这样待会儿分着吃方便。那片糖是琥珀色的,放到嘴里不但甜,还有一丝很香的焦煳味儿。

那一天,姐姐正进行到熬糖的阶段,小祥为了看她的"工艺过程",就搬了一个方凳到炉灶旁,然后站了上去。那会儿,姐姐是小学生,小祥还不到四岁,不知怎么回事,小祥忽然从凳子上翻倒下来,前额磕在凳子角上,血顿时从额头流了出来。

姐姐吓坏了,哭着大喊起来……那天晚上姐姐虽然没有挨打,可是她一直在哭。她觉得是自己害了弟弟。一个月后,小祥的伤口好了,额头上留下了一个不小的疤,开始像二郎神的第三只眼睛,长大了就像个小稻谷粒了。

小祥从小就学会了一句老北京的问候语——您吃了吗?这句话全天都管用,当然上厕所的时候不要说。可见吃饱饭不但非常重要,也是非常不容易的……

第四章

窗台上的『好儿』

小祥家的后院很大,北房租给了一位姓南的先生。听说他在一个无线电培训学校当主任。过了不到一个月,后院的西房又搬进来孙先生一家。那时候,小祥很少到后院去。只是看到孙先生家也有个女儿,是个中学生,好像在四存中学读书。小祥几次想凑到大姐姐跟前和她说说话,但是还没有靠近,人家就离开了,好像小祥根本不存在一样。

　　从前院到后院的房子在假山这里拐了一个弯,前院朝西的窗子也能看到后院。

　　前院的房子比后院多,后院的院子比前院大。

　　有一天,院子里忽然热闹起来,来了许多穿黄衣服的警察。他们都去了后院。看热闹的小祥站在走廊的拐角处,母亲紧紧拉着他的手。

　　南先生家的房门打开着,但是家里没有一个人。孙先生的家门也打开着,也不见孙先生的影子。有警察从房间里往外搬东西。一会儿工夫,只看见孙太太拿着一个包袱走出来,她一直在哭,后面跟着她的女儿。小祥目不转睛地看着她们往外走,穿过假山的门洞,走出大门。小祥发现孙太太女儿的手一直拽着孙太太的毛背心。

走过假山门洞的时候,孙太太朝小祥和母亲这边看了一眼。她不敢说话,母亲也不敢问,但是她家一定出了可怕的事情。

两天后的一个下午,哥哥从外面飞跑回来,进了门就气喘吁吁地对父亲说:"爸——我看见南先生……我看见,在后海……南先生在后海被绑在卡车上……"

好一会儿,等哥哥说清楚了大家才明白,南先生是国民党的军统特务,绑在卡车上,游街示众,被枪毙了。再后来,有消息传来,孙先生也是特务。不是军统,是中统。在他们家还搜出了电台。从此再也没有听到孙先生的消息,更不知道他的妻子和女儿住到哪儿去了……

南先生和孙先生的家门都被封条封上了。整个后院没有一点儿声响。静悄悄的,大白天也安静得让人瘆得慌。

"一个后院就出了两个特务,一个中统,一个军统。"有一天母亲低声对父亲说,"这是真的吗?是不是风水不好呀?"

父亲一声不吭,指指小祥和姐姐,意思是,不要当着孩子的面说这些话。

一个月以后，封条被揭开了。房子里的东西也都被搬走了。

后院没有人住了，暂时又没有租出去，一下子变得很冷清。

过了几天，父亲在后院南屋旁边的土坡上养了几只鸡。从此，每天早晨小祥听到的第一个动静，就是公鸡打鸣的声音，后院总算有了些生气。

当母鸡"咯咯咯"地叫起来的时候，小祥知道这是母鸡生蛋了，于是就跑到鸡窝跟前。有时候母鸡还趴在窝里，小祥就把母鸡轰开，一个还热乎乎的鸡蛋出现在眼前。那是一件快乐而又幸福的事情。

有一件事给小祥留下了很深的印象。那天他从大门进来刚走到后院，就看见一只老鸹（乌鸦）叼着一个黄澄澄的窝头飞过桑树旁。他正觉得奇怪，定睛一看，哪里是什么老鸹叼窝头，分明是一只老鹰叼走了家里的一只毛茸茸的小鸡崽！从此以后，只要鸡被放到院子里"遛弯"，一定要有人守候在一边。再后来，鸡棚的上面加了一片铁丝网。

守着这么一个大院子，家里的生活却越来越困难。于是小祥全家人搬到了后院，打算把前院租出去。一户姓老的人家搬了进来，那是第二年夏天的事情。这是小祥家一次重大的"迁移"和变化。

小祥的父亲原来每次出门都是要坐三轮车的,而且不是从外面叫的三轮,是父亲自己的三轮车。给父亲拉三轮的师傅叫老李,四十多岁的样子,没有人叫他李大爷或者李大叔,家里上上下下都叫他老李。

老李管父亲叫"五爷",称母亲叫"太太"。老李原来是个泥瓦匠,1945年,抗战胜利的时候,父亲认识了他。父亲看他人不错,于是劝他不要再干泥瓦匠的活,专门给父亲拉三轮车。老李跟定了父亲,除了拉三轮车,家里的大小杂事,只要用得着他的地方,他都绝不推辞。老李成了家里的一个重要的帮手,也成了家里的管家。

老李的妻子患有眼病,好像是白内障,基本上就是半个盲人。听说她脾气很不好,但这并不妨碍她有五个孩子。所以老李家的生活非常困难。老李从抗战胜利的时候开始给父亲拉车,一直拉到了1951年,也就是老先生搬进来的那一年。

有一天,父亲给了老李二十块钱,对老李说:"三轮车我不坐了,我也没法再给你工钱。三轮车你带走——到外面拉活或者干泥瓦匠由你。"

老李的眼圈立刻红了。他把钱放在桌上说:"五爷,您这话儿怎么说的。我跟您这些年是我这一辈子最高兴的几年。您有钱的时候,我在,您没钱的时候我就走,我成了什么人了。"

父亲苦笑着:"老李,但凡有一线之路我也不会让你走,可是你瞧,家里眼看就吃不上饭了,我还能坐三轮吗?"

老李坚持不要父亲的钱,他把三轮车卖了,又把钱给父亲送了回来。好说歹说,父亲坚决让他把钱拿走……老李哭了一场,重新干起了泥瓦匠的营生,但是三天两头还是待在小祥家里。在小祥心目中,家里除了父母和哥哥姐姐,老李就是最亲的人了。

那年中秋节,已经很晚了,老李忽然来到小祥家里。全家都已经睡下了。老李说:"五爷,今儿个是月饼节,我本来是要早来的,有个活儿离不开。我没有别的事儿,就是过来瞧瞧您……"

父亲说:"我们都睡下了,赶明儿吧!"

"那么五爷您歇着,我就把这个'好儿'给您撂窗台上了!"

沙沙沙,小祥听见老李远去的脚步声,又听见院门被关上的声音。

"把这个'好儿'给您撂窗台上了!"小祥觉得这句话挺好

玩的,不由得心中一动。

　　第二天早晨,小祥特意趴到窗台上看看,窗台上什么都没有。他对父亲说:"什么都没有啊!"父亲笑着说:"怎么没有?"

　　"有什么啊?"

　　"有'好儿'哇!"

第五章

天空出彩霞

在北京，没有枣树的大院子是很少的。小祥住的屋前就有一棵大枣树。它的一条横生的枝丫与屋檐平行。从枣树开花，到花坐成小青果，再到小青果变成挂满枝头的红中带青的大枣，一切都历历在目。

秋天的时候，父亲一声"可以打枣了"就是动员令。哥哥上了树，大脸盆到小饭盆都派上了用场。因为几乎所有的街坊多多少少都有一份。那时候小祥是最高兴的。他端着小盆给街坊邻居送枣子，人家说谢谢，他说不用谢！就这么简单就这么高兴！

后院里一北一南还有两棵葡萄，它们相距四五米。冬天的时候父亲把葡萄的主要枝条留下，盘起来埋在土里堆成个堆。春天的时候把枝条挖出来，那些土就堆成了葡萄的"水盆"。父亲开始用木料在两棵葡萄之间搭葡萄架。小祥的任务就是每天给葡萄浇水。这时候葡萄树的枝条勉强伏在架子上。大约一个星期的工夫，新的枝条开始生长出来，沿着葡萄架向上延伸。这时候葡萄更需要水,小祥每天下午放学的时候就一桶桶水地浇灌它们……他一天天眼看着那些新的枝蔓爬满了葡萄架,叶子陆陆续续地长出来,一些绿色的小颗粒出现了,那就是小葡萄呀!这个时候葡萄是最需要水的,小祥的任务就更繁重了。每天浇的水,几乎要漫过"水盆"才行。辛苦是辛苦,但是小祥心里很高兴。炎炎夏日,搬个竹椅躺在葡萄架下,看着头顶上"枝枝相覆盖,叶叶相交通",一嘟噜一嘟噜挂着白霜的玫瑰红葡萄垂下来,真是很惬意。中午他在葡萄架下看书,有时候就幸福地睡着了……

后院北房的地面与前院的不同,前院是地板,后院的房子却是花砖铺地。母亲笑着说,多好啊!走起路来没有声音,多安静啊!

搬到后院,小祥长大了一岁。眼前的世界也渐渐清晰起来,不再似梦非梦了。

这一带胡同里有个捡破烂的老头儿,他有时候敲开院门,希望能得到点儿破衣物什么的。小祥的母亲常给他点儿馒头煎饼。每次他总是客气而又不失体面地道谢,见到小祥,还夸奖几句。他经常把各色废纸裁成巴掌大的方块纸用来写毛笔字。有一天他拿来一沓写好字的纸片,送给小祥的母亲。那老头儿不知什么来历,毛笔字写得有模有样,连小祥的父亲都说好! 母亲就用一个旧的盛胭脂的小铁盒装着,教小祥认字,这是小祥的第一套识字卡片。

慢慢地卡片上面的字小祥都能认识了,父亲很高兴,特意把一本学生字典放到小祥的身边,还在读幼稚园的小祥很快就学会了查字典。

除此之外,小祥还会学唱当时流行的评剧片段,像《刘巧儿》《小女婿》什么的,这成了街坊邻居无聊时候的一点儿乐子。

那时候,"抗美援朝"成了中国的一件大事。人民政府说,美帝国主义侵略朝鲜,我们要援助朝鲜人民,口号叫作"抗美援朝,保家卫国"。大人知道,小孩子也知道。机关学校、大街小巷都传唱着两首歌,一首歌是:

嘿啦啦啦啦,嘿啦啦啦,天空出彩霞呀! 地上开红花呀! 中朝人民力量大呀,打败了美国兵呀!

还有一首大家更熟:

雄赳赳,气昂昂,跨过鸭绿江,为祖国保和平就是保家乡,中华好儿女,齐心向前进,团结一心,打败美帝野心狼……雄赳赳,气昂昂……

有一首儿歌,没有老师教,小祥和小朋友都会说:

一二三四五,上山打老虎,

老虎不吃人,专吃杜鲁门。

小朋友不知道杜鲁门是当时美国的总统,只知道他是个大坏蛋。

幼稚园的老师领着小朋友排练了一个节目叫《朱大嫂送鸡蛋》。那一天幼稚园的园长亲自来挑选节目中的演员。主要演员有三个,一个是朱大嫂,一个是志愿军叔叔,还有一个是杜鲁门。这是个小歌剧,内容说的是:朱大嫂在家里拣了一篮子鸡蛋,要边走边唱,然后把鸡蛋送给志愿军叔叔。杜鲁门摇头晃脑地上场,东看看西瞅瞅。志愿军叔叔出现了,背后是朱大嫂和其他的小朋友,大家一起上前,杜鲁门慌慌张张地逃跑,吓得趴在了地上……

朱大嫂的歌词是这样的：

> 母鸡下鸡蛋呀！咕嗒咕嗒咕嗒叫呀，朱大嫂收鸡蛋进了土窑窑，扭扭捏捏扭扭捏捏，走了二里地呀，走过大凤庄呀，来到大石桥……送给亲人志愿军，再问同志打仗辛苦好……

园长让大班的小朋友们站成两排，每个人唱一首歌。

唱完了，园长问："谁愿意当志愿军呀？"小朋友都举手，只有小祥没有举手，他胆子太小。园长问："吉祥小朋友，你可以把手举高点儿吗……"小祥只好举起了手。最后，园长选了班上个子最高的小朋友扮演志愿军。园长接着又问谁愿意扮演杜鲁门，大家你看看我、我看看你都不举手，只有刘光庭举手自愿当杜鲁门，其他小朋友都笑了。

园长笑呵呵地问："你为什么愿意当杜鲁门？"

刘光庭说："好玩。"

选朱大嫂的过程就像在做梦。开始举手的当然都是女生，尤其是宋小惠，她很镇静地举着手，举得不高也不低。小朋友都知道，老师一定会选宋小惠的，因为她唱歌跳舞都好，长得也好看。小祥万万没想到,园长居然说:"我们让吉祥小朋友扮演朱大嫂!"

小祥蒙住了,自己被选中了当朱大嫂——这是怎么回事?刘光庭大声喊起来:"要男扮女装喽——"

这句话本来没有什么,但是对小祥来说简直就是在嘲笑他。他虽然胆小,但是他最不喜欢别人说他胆小,说他娇气,说他爱哭,还最怕别人说他像女孩子。园长今天选他演朱大嫂,难道他真的就那么像女孩子吗? 一时间,他都快要哭出来了……

放学的时候,老师对小祥的母亲说,今天选中了小祥扮演朱大嫂。看老师的神情好像这是件应该高兴的事情。

"就是应该高兴啊!"回家的路上,母亲也说。

"我不愿意演女的……"小祥说。

"人家梅兰芳不是就演女的吗? 演得多好……"

小祥不说话,觉得心里别别扭扭的。回到家母亲把小祥要演朱大嫂的事情和全家人都说了。姐姐说:"我说什么来着,小祥将来肯定风流,你学唱戏去吧!"小祥觉得"风流"两个字就和"流氓"差不多,于是回嘴说:"你才风流呢。"

父亲拍拍他的肩膀说:"小祥,这是好事,什么事情都要练练，人才能有见识呀！"

"我不愿意演女的。"小祥小声说。

"男扮女装没有什么不好，你看四大名旦梅兰芳、尚小云、荀慧生、程砚秋都是男的，可是扮演女的也很棒呀！"

"我可不学唱戏……"小祥警惕地说。

父亲笑了。哥哥走过来说："朱大嫂送鸡蛋是个民间小调，好唱！"

小祥马上问："要是让你演，你演吗？"

哥哥点点头。哥哥的点头对小祥来说是个巨大的鼓励。他的心眼有点儿活动了，决定男扮女装演朱大嫂。

父亲又说："你不演朱大嫂还是因为胆小吧？"

小祥没有说话。

后来的几天，宋小惠借给他一件花上衣，姐姐借给他一块红头巾。哥哥教他走十字步，他就边走边唱。

到了演出的那天，母亲和许多家长都来了。

在幼稚园的院子里，小祥戴着红头巾，腰里系个围裙，胳膊上挎着小篮子，他就是朱大嫂了。他除了要唱那段歌词还要说几句话，再把鸡蛋送给最可爱的人——抗美援朝的志愿军叔叔。

除了小祥演的朱大嫂，刘光庭演的杜鲁门也很出彩。他刚

52

一出场,大家就笑起来,杜鲁门戴个高高的宽檐的大圆礼帽,帽子上的图案是美国的国旗。等他歪歪扭扭地一边走一边做自我介绍的时候,院子里一片笑声。演出的最后一幕是杜鲁门被大家的怒吼吓得趴在了地上⋯⋯

母亲悄悄地问坐在一旁的园长,怎么会选上小祥演朱大嫂呢?园长神秘地笑笑看着小祥说:"这不是挺好的吗?"

母亲从来没有显得那么高兴过,好长时间里,她逢人就说:"我们家小祥演的朱大嫂您是没看见,那个好哦⋯⋯"

第六章

自己种菜自己吃

六岁的小祥最后一次跟着妈妈走出幼稚园的大门。

大门的门槛很高。小祥每次走过的时候，都要把膝盖抬得高高的才能跨过去。小祥知道，从今天开始，他不用再跨这个高门槛了。他的手里攥着卷成一卷的"毕业证书"。纸卷上还系着一根紫色的丝带。

"要上小学了，可不能那么爱哭了。"母亲说。

小祥点点头。当然了，小祥现在长大了。

母亲领着小祥在一户人家大门口的石凳上坐下，那石凳很奇怪，是一对一米见方的大白石头，然后拦腰截掉四分之一，形成一个石头沙发的模样。两个"大沙发"摆在大门口，显得很威风。后来听母亲说这也叫上马石。那户人家的大门上贴着的对联是"忠厚传家久，诗书继世长"。据说，这里原来住着一个大画家。

母亲从小祥手里拿过毕业证书，解开丝带，展开，让小祥念上面的字。

毕业证书

　　幼稚生吉祥系山东诸城人,现年六周岁。某年某月在本园保育期满,考查成绩及格准予毕业。此证。

　　下面是幼稚园园长的蓝色签字印章。

　　毕业证书的上方是个椭圆形的毛主席像,两侧是黄色的麦穗和两杆国旗,再两侧是四只飞翔的白鸽,下方是十几个游戏的孩子的剪影。

　　母亲庄重地说:"这么多字,你都能够认得。如果你不爱哭,就能得第一名了。"

　　回到家,爸爸没有回来,哥哥姐姐也还没有放学。

　　小祥搬了个凳子坐在枣树下发呆。看看天,天很蓝,偶尔有几丝白云停停走走。远处传来由远及近的鸽哨。听大人们说,天是没边没沿的。小祥望着天,心里觉得很难受——怎么会有没有尽头的事情呢?再大的东西,再远的地方,也有个边呀。怎么天就没有边呢?小祥想象不出来没有边儿的东西什么样。可是天万一有个边呢?可是边外面是什么呢?这样想着,小祥更觉得难受了,有种自己跟自己较劲,陷到了一个泥坑拔不出来,让人窒息的感觉。

外面传来门铃声,接着便是大门开启的声音,小祥知道,这是父亲回来了。父亲按门铃不是让别人给他去开门,而是通知家人他回来了。走廊上响起父亲用掸子抽打衣服的声音。这是父亲多年的习惯,每次进家门的时候,他总是这样抽打衣服。掸子就在走廊边的一个钉子上面挂着,家里只有他一个人有这样的习惯。

小祥来到走廊上:"爸,我幼稚园毕业了。"

父亲的脸上露出了笑容,他用手掌在小祥的脸上飞快地摸了几下——他每次喜欢小祥的时候都是这样来表示。他和别人不一样,别人摸小祥脸蛋的时候手总是要在脸上停一下,而父亲不是这样,他就是飞快地摸一下,绝不停留。如果特别喜欢,再来第二下。

父亲今天的脸色不好看。小祥看得出,父亲的微笑很勉强。只是在母亲说小祥得到第三名的时候,他又勉强摸了一下小祥的脸。父亲平常可不是这样的。

吃晚饭的时候,父亲仿佛很随意地说:"房子被没收了……"

母亲愣了一下,放下碗筷,停了一下问:"那怎么办呀?"

父亲说:"我得去一趟上海。"

小祥不明白到底发生了什么事情,但从父母的脸色中他意识到事情很严重。原来,这房子的主人是小祥的伯父,1949年他去了台湾,家人留在了上海。现在有人说这房子是日本人的财产要没收归公。

吃过午饭,小祥说想到街上去玩一玩。母亲给他换了双鞋,小祥穿上一看,原来是姐姐穿剩下的旧鞋。旧倒不要紧,关键是那是双带扣襻的女鞋。

"这是女鞋,我不想穿!"

"不要紧的,又不上学。再说小孩子的鞋不分男女,人家不会笑话的……"

"不好看!"小祥想哭。

"以前也都穿的,今天这是怎么啦?"

"我从来就没穿过女鞋!"

母亲生气地说:"你怎么这么不懂事,家里都快吃不上饭了。"

这句话管用了。小祥不再争辩,穿着这双女鞋跑出家门。

晚饭的时候,郑大爷来了。在小祥的眼里,郑大爷就像一个大佛爷,他不但又高又胖,还总是在小祥家困难的时候出现。

郑大爷在家里吃了饭,还喝了酒,大声说着带浓重口音的山东话。小祥觉得不时有尘土从屋顶上被震落下来。父亲也喝了酒,脸红得像个关公。他说了很多话小祥都听不懂,只有那句口头语:唉,我有一线之路也不会……就这么一句,深深地刻在了小祥的心里。

郑大爷走了,父亲指着床上的一个大白包袱对母亲说:"郑大爷把貂皮大衣硬给留下了。"母亲只是一个劲儿地点头,好半天才说了一句:"郑大爷真是好人呀!"小祥不知道貂皮大衣什么样,只知道很值钱,从父母的口气中,他知道那是救命的东西。

父亲卖了郑大爷留下的貂皮大衣,买了飞机票,坐飞机去了上海。

过了很久,父亲从上海回来了。家里紧张沉默的气氛渐渐发生了变化。终于有一天,父亲对家人宣布说,房子发还了。那一天,尽管饭菜和以往没有太大的变化,但全家人都喜洋洋的。父亲还喝了一盅酒,脸红红的泛着光。小祥觉得饭菜比平时更香了。

这一段时间是小祥和父亲待在一起时间最多的时候。有

一天，父亲换了一件对襟的白褂子，一条下面扎口的黑裤子，就像个练武术的。他拎着几条捆在一起的麻袋，领着小祥出门了。他们没有坐车，就一直走。走到新街口豁口，来到一个杂货摊跟前。父亲把麻袋卖了，又领着小祥来到新街口的另一家铺子里。

刚一进门，小祥以为进了粮店，可又不像粮店，没有堆成垛的粮食口袋。几乎所有的"粮食"都放在小布口袋里，敞着口，戳在地上。那口袋虽然小，但"粮食"品种却很多，红色的、绿色的、黑色的、黄色的。许多"粮食"小祥都不认识。有的粮食还放在柜台上的大盘子里，一个个的小格子花花绿绿的：有的像小米粒那样圆圆的，有的就像个小菱角，有的黑黑的又小又丑，有的有许多棱棱，上面还有小毛毛……

"这不是粮食，这是菜籽。这就是胡萝卜的种子。"父亲指着有小毛毛的种子说。

那一天，小祥很长见识。父亲买了韭菜籽、西红柿籽、茄子籽，还有那种好玩的胡萝卜籽。卖菜籽的把种子分门别类包在一个个报纸包成的小包里，四个面四个角，好像一个个纸粽子。

回到家，小祥累坏了，他从来没有在这么短的时间走这么多的路。晚上睡觉的时候，父亲拍着他的被子说："小祥，明天早点儿起,我教你种菜。"

小祥好奇地看着父亲,他怎么会种菜呢?

第二天早晨,父亲领着小祥在枣树和葡萄架之间,开垦出了一片地。父亲在前面用铁锹挖土,小祥拿着小煤铲在后面把大个的土坷垃打碎。整个地的中间和四周又堆出了土埂,分成了四个小畦,小祥和父亲干了整整一天。傍晚的时候,父亲在土地上撒下了昨天买的种子,在四个小畦里分别种下了西红柿、茄子、韭菜还有胡萝卜。

从那天开始,小祥便经常给菜地浇水,一直看着种下的种子长芽,开花,结出果实。那个夏天,小祥家吃的青菜基本都是自己在院子里种的。

第七章

小学生

小祥考上了北师二附小，成了一年级小学生。

北师二附小是一所公立学校，也是周围最好的学校，但那是需要考试的，择优录取，因此能进入北师二附小是件值得夸耀的事情。小祥在幼稚园的小伙伴刘光庭、宋小惠也考进了二附小，又成了小祥的同学。

小祥第一次走进学校，首先是个过道，过道左边的白墙上是一幅《中华人民共和国地图》。地图最上方写着一行大字："中国是世界上国土面积最大的国家之一！"地图的旁边有个高大的正容镜，老师和同学们一进门就可以看见自己衣着整齐不整齐。地图的对面是传达室的窗口。

一年级的小学生什么都不懂，小祥走到窗口前踮起脚问："管役，劳您驾！办公室怎么走？"

里面的男人拉开小窗户严厉地问："你说什么？"

"问您个事儿……"小祥有点儿慌了。

"我知道你问事儿，我问你刚才叫我什么？"

"管役……"小祥喃喃地说。

传达室的男人不高兴地说："谁教你这么叫的？"

小祥愣住了，他记得母亲带他到什么地方去，都是这样称呼看门人的。现在他意识到这个称呼出了问题。可是他又不愿意连累母亲，于是他憋红了脸不说话。

"我自己听来的。"小祥一愣。

那男人虎了脸说："现在是新社会了，知道吗？"

小祥点点头。

"管役是旧社会有钱人对下人的称呼，是看不起劳动人民的称呼。现在都不叫了，你怎么还叫管役？家长怎么教的？"

小祥知道他错了，这事儿要放在"野孩子"身上还没有什么。而小祥是个非常懂礼貌的孩子啊！他只好说："我真的不知道……"

男人说："以后叫老师或者大爷，懂吗？"

小祥又点点头。

传达室的小玻璃窗户"啪"的一下关上了。

他在幼稚园的时候，听老师和家长都管看门的师傅叫管役。看来小学和幼稚园是不一样的。他长大了才明白，不是幼稚园和小学不一样，是时代不一样了。

这几天，小祥有点儿倒霉，除了受到传达室大爷的训斥，还在校外受到了批评。

小乘巷胡同有所培基小学。放学路上，小祥总要路过培基小学。培基小学门前有高高的台阶，没有操场，有两个套院——比幼稚园大不了多少。那是所私立小学，而在大家心目中，公立学校才是好的。

每次路过培基小学，或者遇到培基小学的学生，大家就起哄地喊："培基小学校，人人都知道，老师是白薯，学生是山药！"这样喊起来很好玩，同学们喊，小祥也跟着喊。

那一天，小祥和几个同学路过培基小学的时候，又喊。没有想到，从学校走出一个中年男人，他穿着一件蓝色的长衫，头上戴一顶可以拉下来盖住脸的毡帽，帽子顶上还有个扣子。小祥周围的同学都及时跑掉了，那个男人拦住小祥说："学生，你为什么这样喊，是你们家长教的吗？"

小祥傻了，被人家拦住质问，不管说什么，他都感到很害怕。再说，说人家老师是白薯，学生是山药，本身就没有道理。于是只好呆呆地站在那里。

中年男人又问："你是哪个学校的？"

小祥说自己是二附小的，那个男人严肃地说："本来我可以去找你们的老师,今天我不找,但是你一定要记住,不管上哪所学校,都要当好学生,好学生首先就是要善良。不论什么学校,大家都是平等的。培基小学的老师和学生没招你,也没有惹你,为什么要骂人家呢,这不就是欺负人吗?善良的人从不欺负人……"

后面的话,小祥记不住了,那个中年男人严肃又有些忧伤的眼神让他心里发慌,一瞬间觉得对不起人家,他觉得自己做错了。事后他听同学们说,当时训他的就是培基小学的校长。这件事情给一年级的小祥留下很深的印象。

第八章

关老师

穿过校门的门洞,院子南面的屋子是少年儿童队[※]大队部,眼前是一座小院,抬头望去,右面是一个月亮门,走进去就是校长办公室,老师们的办公室和宿舍。许多丁香树分布在房子的前前后后,美丽而安静。

　　小院正面也是一个月亮门,左面是老师的伙房和锅炉房,右面是个压水机。同学们热了、渴了,都可以在压水机上压上两下,清凉的地下水就会流出来,晶莹闪亮。

　　最让同学感兴趣的是压水机前面那棵大杏树,树大,杏子也出奇的大,个头就像一年级小同学的拳头,每当果实挂满枝头的时候,走到树下,你都会闻到又酸又甜的香气。

　　从大杏树的下面穿过月亮门,眼前豁然开朗,那是学校的大操场。左面是二层的灰砖楼房,有十二个教室,右边一排平房,有六间教室。

※　1949 年 10 月 13 日,全国统一的少年儿童组织中国少年儿童队成立。1953 年 6 月,中国少年儿童队改名为中国少年先锋队。

学校有严格的规定,每个年级两个班。每个班只能有三十五名学生,可教室很大,如果只有学生,教室里会显得空空荡荡。那教室后面的空地做什么呢?那里就给将要走上小学教师工作岗位的实习老师设了听课坐的座位。

　　小祥经常看到许多年轻的老师坐在后面听课。

　　上小学的第一周,两个班的七十名同学集体看了一部苏联电影《一年级的小学生》。

　　看电影那天,大家集体排队步行到北京师范学校的礼堂,看电影的除了二附小的同学,还有一附小的同学。那是个黑白影片,里面的主人公马鲁霞是个一年级的小女生。

　　电影很好看,很吸引人,说的是马鲁霞生活和学习的故事,有快乐的事儿,也有烦恼的事儿,还有好多生动好玩的事儿……此外,还歌颂了她的老师安娜·伊凡诺夫娜,一个可亲又可爱的人。

　　那部电影让小祥觉得非常亲切,他和同学们一样,都希望马鲁霞就是他们班的同学。看看电影里的老师,大家不由得想起了自己的班主任关琦老师。她现在就坐在大家的身后。

　　小学生见识少,家长可是知道关琦老师的大名,她是全国优秀教师,数一数二的劳动模范。开学第一天小祥就从母亲欣喜的目光中知道,他遇到了一位可亲可爱的好老师。

小祥最喜欢听关老师讲课的最后三分钟。一般的时候,关老师总会提前把课讲完,然后说:"今天的课讲完了,还有三分钟下课,今天我给同学们说一个好玩的小常识……"

每当这个时候,同学们都会把书和本子正经八百地合起来,把手背到后面,好像现在只用耳朵就可以了。小祥有时候想,不合上书和本子也不妨碍听"好玩的小常识"。可是大家都这样做,就像一个仪式,谁也不能破坏它。

有一天上完语文课,关老师说:"同学们,请大家把手举起来。"大家不知道关老师的用意,于是大多数同学都举起了一只手,然后左看右看。关老师又问:"我们每个人都有几只手呀?"

"两只——"大家一齐说。

"上一次我和大家讲了左手和右手的不同,现在大家把两只手举到眼前。今天,我们要仔细看看自己两只手的手指。第一个关节……"关老师自己先把手举到眼前。小祥看见了螺丝转一样的花纹。

"看见什么了?"

"看见了肉。"坐在最后一排的男同学蒲运生每次都会做出这种装傻充愣的回答。果然，大家都笑了。

"大拇哥、二拇弟、钟鼓楼(唱大戏)、护国寺、小妞妞……"同学们掰着手指开始议论。小祥一直不明白为什么叫无名指为"护国寺"。他问父亲，父亲回答说，可能"寺"与"四"同音吧，前面是钟鼓楼取个"中"，这就取个"四"，好记就成……

关老师笑笑说："手指尖的皮肤上都有一圈圈的螺丝转，看到了吗？"

"看到了——"大家一齐回答。

"这就是指纹，每个人的指纹和其他人的都不一样。"

同学们来了兴趣，开始好奇地互相看。

关老师说："每个人自己手指的指纹也不全一样，一种叫斗，一种叫簸箕。有的人有一个斗，剩下的都是簸箕，有的人有两个斗，剩下的八个都是簸箕。"

大家开始纷纷数起了自己的簸箕。

"老师，斗多好，还是簸箕多好？"蒲运生又说话。

关老师摇摇头："不分好坏吧，就像人的面容长得不一样，所以我们都不会搞混。通过手的指纹也可以区别不同的人。但是人的好坏不是按长相来区分的，而是按他的道德品质区分的。"

回到家,小祥和父亲讲起学校的事情。父亲拿出一张报纸说:"这上面就写着你们的关老师。"

小祥接过报纸一看,"听课记"三个楷体字映入眼帘。

这是一位记者写的关琦老师的连续报道,小祥脑子里记住了那三个字:听课记。

这些日子,同学们都发现了一件事。关老师上课的时候,胸前的衣服总有些湿乎乎的水印儿。后来他们知道了这是关老师的奶水留下的痕迹。有的同学还看见关老师在办公室往一个杯子里挤她的奶水。小祥好生奇怪。

回家和母亲悄悄说了关老师这件神秘的事儿。母亲说,关老师正在奶孩子,有的母亲奶特别多,孩子吃不了,就自己流出来,这叫涨奶。

小祥瞪大了眼睛。

在他的心目中,关老师那么好,那么受人尊敬,关老师怎么还能像一般的家庭妇女一样给孩子喂奶呢?他怎么也不能想象一个小娃娃在关老师怀里吃奶的景象。

关老师怎么能和普通人一样啊?小祥一直也想不明白。

第九章

对门的老德子

吉祥家对门儿是个不大不小的院子,进了门洞迎面有个砖雕的大个"福"字。福字东边有个院,院里住着董大爷。福字西面有个小一点儿的院,里面住着郭大爷,论起辈分他们都是和小祥父亲平辈的人。年龄又比父亲大一些,所以小祥称呼他们为大爷。

　　董大爷有个大儿子,五十多岁了,小祥管他叫董大哥,董大哥有八个孩子。董大爷还有个二儿子,小祥叫他董二哥,二哥家里有四个孩子。董大爷还有个小儿子,他和吉祥的哥哥大祥同岁,俩人经常一起玩。

　　吉祥的父亲说,原本董家只有董大爷和董大妈两口子。现在生出那么多人,变成了十多口人。

　　再说西院的郭大爷,他和郭大婶一共有十一个孩子,十一个孩子当中有个男孩叫郭德平,和小祥同岁。郭大爷家现在一共十三口人。他们家住的是两间北房和一间小南屋。

　　郭德平是小祥的好朋友,他们同岁又都是男孩,经常串门。

小祥在邻居中有个外号叫吉大聊,郭德平也有个和吉大聊对称的外号,叫作郭大吹。郭大吹是因为郭德平总说自己家有个小花园还有座小桥,其实他家的院子连棵树都没有。郭大吹因此得名。

平常的时候,小祥管郭德平叫老德子。

有一段时间,老德子整日泡在小祥家里。只有到吃饭的时候才离开。那时候一顿饭可是大事情,因此孩子们都懂这个规矩,人家的饭再好,自己再馋再饿,也得离开,免得让人家为难。

有一次小祥家包了饺子,饺子已经盛到盘子里了,老德子还没有走。母亲让他吃,他就是不吃。小祥知道老德子很想吃但是不好意思,他觉得老德子太没有眼力见儿,不吃还不走。当母亲再次让他吃的时候,老德子吃了一个,然后看了小祥一眼。小祥没有说话,眼睛看着另一边。老德子站起身来走了,小祥转过脸望着他的背影,心里有点儿后悔……

老德子家因为孩子多,生活比小祥家困难。他们家南房的门口有个土灶台,这种灶台只有在农村或者行军打仗临时埋锅造饭时才能见到。那个灶台上有口大锅,比普通人家的锅大得多。他们一家人的饭菜基本都是在那里做的。他们家吃饭的情景常常让人想起大食堂。

家里孩子多,吃好吃坏吃多吃少经常是大家争吵的由头。郭大婶管理家庭的伙食有她独特的办法,她在家里采取平均分配制度,每个人一份,就像食堂一样。做熟的饭还好办,有的时候干脆就发粮食,愿意做什么自己做——就一个灶,一个做完了另一个做。

那天中午小祥正好泡在他们家,郭大婶给每个人用秤称了三两棒子面。有的人图省事就做棒子面粥,有的做疙瘩汤,老德子把那点儿棒子面用水和成了三个小饼子,然后把三个小饼子贴在锅里,盖上盖子。

小祥惊讶地看着他问:"能行吗?"他点点头。

过了大约二十分钟,小祥居然闻见了香味。老德子揭开锅,拿个铁铲子把三个小饼子铲下来,那饼子的背面已经结了黄澄澄的饹馇。

"吃一个吗?"他举着一个小饼子问。

"熟了吗?"小祥问。

"包熟!"老德子把饼子递给了小祥。小祥急不可待地咬了一口,没有想到是那样香甜。老德子说:"大柴锅做的贴饼子就是香!"

回到家，小祥和母亲说了他到老德子家吃贴饼子的事情。

母亲说："你看人家老德子！那天人家吃了咱家一个饺子，你的脸色就不好看……"

小祥说："我没有不让他吃呀！"

母亲摇摇头："给人脸色看可不好，妈那天没说你，今天给你提个醒，做人要厚道。"

小祥不说话了，母亲说得有道理。

第十章

西直门

小祥的家离西直门不远，没有成为小学生之前，小祥就认识了西直门。从家里到西直门，走路也就是一刻钟，出了南草场大街就看见西直门了。

　　西直门是个很高很大的城门楼，青灰色的城墙那么厚实，站在它的跟前，不用说话，你就会觉得那是一个穿越了千年的老人端坐在那里，岁月、沧桑，不言自明。但是你觉得它还活着，甚至能感到它的呼吸。

　　在城里面这一侧，顺着城门旁边的马道可以爬上城墙。因为年久失修，许多地上的砖道都变得坑坑洼洼。城墙上到处是酸枣枝，上面结着小小的一嘟噜一嘟噜的酸枣。摘酸枣，对许多孩子来说就是最大的诱惑，衣服被扎破，手臂上被划出一道道血印子都顾不上了，只想摘。等站在城墙的上面，眺望远处，还能看见天地连接的地平线……

　　那时候，城里城外可真是天壤之别。一出城门，哪儿还看得见成片的房子？只有满眼的庄稼地，黄土道。路上的行人和车马也变得稀疏,偶尔看见路边的几间房屋和庙宇。三分的荒寂,七分的辽阔,人忽然觉得自己变小了,还有几分苍凉的感觉。

对门的董大爷很喜欢孩子,孩子也喜欢往他家跑。董大爷家里有收音机,董大爷还会讲故事。董大爷讲故事有个特点,一个小孩他不讲,两个也不讲,一定要三个或者更多的孩子他才讲。所以小祥要想听故事必须要"组织"听众,第一个就把郭大婶的儿子老德子叫来。小祥喊:"老德子——听故事了——"

老德子每叫必到。然后小祥就在院子里喊:"董大爷讲故事了……"

那一天董大爷又讲到西直门:"西直门外有座高亮桥,你们知道吧?"小祥和老德子连忙说:"知道知道。"

董大爷正式开讲了:

相传在明朝的时候,有一天,宰相刘伯温把他的爱将高亮找来,交给他一支雪亮的银枪说:"明天一早你在西直门外等着。城门一开,有个老头儿和老婆儿就会推着一辆独轮车走出来,车上一左一右放着两个木水桶。你走上去,什么话也不要说,用枪把水桶扎漏了你就跑,任凭他们在后面怎么叫喊你也不要回头。"

"我为什么要平白无故地扎人家的水桶呢?"高亮问。

"天机不可泄露……"刘伯温镇静地说。

当天夜里,高亮就守候在西直门外。天刚蒙蒙亮,城门开了。

"吱呦呦""吱呦呦"……一个老头儿推着独轮车走出城门,旁边跟着个老婆婆。高亮走过去,二话不说,举起银枪,一枪一个,把两个水桶扎漏了。他扭头就跑,只听见老头儿在后面喊:"小伙子,你为什么把我的桶扎漏了啊?"高亮不敢回头,跑哇跑哇,他听见后面传来波涛汹涌的声音。高亮忍不住回头看了一下。万万没有想到,排天的巨浪迎面扑来,高亮被淹死了。

原来,这个老头儿是北海龙王,老婆儿就是龙婆。他们想把北京的水都偷走,把北京人渴死。那两个水桶里的水就是北京几乎所有的水。高亮扎破了水桶,水又留在了北京。大家为了纪念高亮,就特意在北京西直门外修了一座高亮桥。

董大爷讲完了,小祥问:"龙王为什么要把北京的水弄走呀?"

董大爷微微一笑:"且听下回分解……"

"爷爷,再讲一个鬼故事,吓人的!"董大爷的孙子小虫说。这时候,恰好天也慢慢黑起来,又多了两三个孩子聚在董大爷的周围。董大爷点起了一袋烟,咳嗽一下说:"讲个不吓人的鬼故事……"

院子里一下安静了,只听见蛐蛐的叫声。

董大爷说:

西直门还是明清两代从玉泉山向皇宫送水的水车必经之门,因此它还有个名字叫"水门"。

有城墙就有护城河,那时候的护城河水还是很大的。每年这里都要淹死人……

说到这里,几个小伙伴不由得四处看看,然后挤在一起。

董大爷加重了语气:

话说西直门外,贴着城墙根儿有个卖烤白薯的老头儿。在他的小屋子里能听见护城河的水声。

有一天半夜,他听见河水哗哗地响,过了一会儿,河水不响了,"吧嗒嗒""吧嗒嗒",有脚步声从河边渐渐传到他的窗户根儿。两个人在他的窗下开始说话。

一个说:"兄弟,我明天就要走了……这儿的罪我也受够了。"

另一个说:"你怎么有这样的好运气?"

第一个声音说:"明天有个人要来替我了……"

"什么人?"

"一个穿灰大褂儿的胖子,城门一开就过来,别告诉别人!"

卖烤白薯的老头心里一激灵,他知道,说话的是两个水鬼。明天早晨要有人淹死了,成了新水鬼,原先的水鬼就走了。

"吧嗒嗒""吧嗒嗒",两个人又朝河里走去。然后一阵水声,"哗啦啦""哗啦啦"……再后来,周围安静了。

第二天,天刚蒙蒙亮,城门还没有开,卖烤白薯的老头儿就等在城门外了。等到城门一开,他就睁大眼睛瞪着,看看那个穿灰大褂儿的胖子会不会出来。不到一刻钟,一个高高胖胖的男人直眉瞪眼地朝城门外走来,身上还真的穿着件八成新的灰布大褂儿。卖白薯的老头儿迎上去,不说话,就是前后脚地跟着。

那个穿灰大褂儿的胖子径直朝河边走去,老头紧跟着走了两步赶上说:"先生,您这是上哪儿呀?"

那个灰大褂就像吃了迷魂药,也不答话,接着朝河里走。老头心里暗暗吃惊,他径直跑到灰大褂的前头,二话不说,伸手打了对方一个嘴巴!穿灰大褂儿的胖子愣住了,吃惊地看着眼前的水面,好像刚刚睡醒:"哟,我这是在哪儿呀?"

"在哪儿!你再往前走就掉河里了。"卖烤白薯的说。

那个胖子如梦方醒,双手作揖:"谢谢大爷,我这是怎么啦?我这不是找死吗?"说完,千恩万谢地走了。卖烤白薯的松了一口气。

没有想到,当天夜里,那个水鬼从河里走出来,把一大摊河泥拽到他的窗户上,一面拽一面骂:"你这个老不死的,你多管闲事,坏了我的好事,我跟你没完……"

这些故事很奇怪,小祥一下子就记住了。有一天老师让同学们讲故事,小祥就讲了这个烤白薯的大爷,他的同学边域讲了"高亮赶水"的故事。边域得到了老师的表扬。老师对小祥讲的故事什么也没有说。小祥也不敢问。想了半天,可能因为边域讲的是神的故事,小祥讲的是鬼的故事。

后来小祥得出一个结论,鬼故事虽然吸引人,但只能私下里讲。神的故事可以在课堂上讲。

小祥问母亲那个水鬼的故事里谁是好人,母亲说还是卖烤白薯的心眼好,他要救人一命呀!

那时候,北京城每天是要关城门的,西直门当然也不例外。有一天哥哥到城外去玩,回家到了西直门,城门刚刚关。他就和几个伙伴沿着城墙往南飞跑,南面是阜成门,他们知道阜成门比西直门晚半个钟头关城门。赶到阜成门的时候,城门已经关了半扇,他们一边跑一边叫喊,这才进了城,要不那天可就回不了家了。

第十一章

新朋友

前院新搬来的人家姓老,是位大学教授。他姓老,本人也上了年纪,真的是位老先生。所以小祥叫他老先生的时候就有两重含义了。

他们家是从中南海搬过来的。新中国成立初期,中南海里住着些平民百姓,还有一所中学,名叫四存中学。

后来中南海修建,成为中央人民政府所在地,他们就搬了出来。四存中学搬到了府学胡同和北平八中合并,改名称叫北京八中。还有一所中学是诚达中学,后来改名二十八中,还在中山公园的旁边。

老先生有两个女儿,大女儿为老大小姐,二女儿为老二小姐,小祥每次称呼这两个名字都觉得奇怪——这个姓太稀有了。

老先生的两个女儿都学画画,都是美术专科学校的毕业生。走进老先生的房间,第二道门的上方悬挂着一幅老先生的油画肖像,那就是老大小姐画的。老先生本来就瘦,那油画上的老先生更瘦。油画上的老先生为什么不画得胖一些呢? 小祥一直百思不得其解。

老二小姐有一个儿子,他比小祥小一点儿,名字叫小田。小田的到来,让小祥高兴了好久。小田成了小祥的好朋友。

小田的爸爸叫朱佑,这个名字用山东话,尤其是用胶东口音念起来和"猪肉"的发音一模一样。只要一想起他的名字就想笑,幸亏小祥每次都叫他朱叔叔或者朱先生。

朱叔叔是个很可爱的大人,他高大魁梧,嗓音低沉浑厚。他穿着很随便,而且待人随和。他偶尔抽几口烟斗。小祥觉得那烟丝的味道很香很香……他带着小田出门玩的时候经常也带上小祥。有一次他们去北海公园湖西面的一个俱乐部打乒乓球,这是小祥第一次见到"正规"的乒乓球台子。几天后,小祥遇到的一件事情让他更加感谢朱叔叔。

那天下午放学才三点多钟,小祥进了院门,见小田正在假山旁边独自一人玩。小田看见小祥就说:"咱们玩一会儿吧?"

"玩什么呀?"

小田指着前院地下室的洞口问小祥:"这是什么?"

北房走廊下面有两个长方形的洞口,原来都有玻璃窗户挡着。现在一个窗子掉了,歪在一旁的草地上。小祥每天都见到,早就习惯了。于是回答说:"这是地下室的口。"

"里面有什么？"

"不知道。"

"你没有进去过吗？"

"没有。"小祥实话实说。

"胆小鬼！"

"你不胆小，你进去。"

"你爸是房东，我家是房客，当然你要先进去。"小田居然说出个不是理由的理由。

"要不咱俩一起进去？"小祥把书包放在一边。他也早想去看看了。今天有小田做伴壮胆，正好。

"好，你先进去，我跟着你。"小田说。

绕过一丛高大的月季花，小祥捡了根一尺长的树枝握在手里，然后和小田一前一后爬进了地下室的洞口。

地下室里很矮很矮，他们跪在那里头发都可以碰到上面的顶，只好蜷缩着身子往前爬。

"你怕猫吗？"小祥问。

"我不怕猫，我就怕猫抓我。你怕吗？"小田硬着头皮说。

小祥说："我不怕猫，我怕耗子……"

前面越来越黑，只有屁股后面的一点儿光亮。小祥拐过了一个"柱子",后面的光线几乎看不见了。小祥敲敲头顶,传来木板的声音。

"小田——"小祥喊道。

没有回答。小祥顿时觉得恐慌起来。

"小田——"小祥继续大声喊。

小田回答了,他的声音有些颤抖:"我看见一只耗子!"

"真的? 跑了吗?"

"没有,它还拿眼睛瞪着我呢……"

小祥顿时觉得头皮发麻,浑身都是鸡皮疙瘩。他呆在那里一动不动。

"我有点儿害怕……你呢?"小田说。

"我也有点儿。我们出去吧。"

"好吧。"小田说。

"你说的耗子走了吗?"

"好像还在——就在进口西边!"

说着他们就倒着往外退,快出洞口的时候,小祥咬着牙往西边看了一眼,果然有个闪着"贼光"的东西正看着他。小祥举起右手挥动着树枝壮着胆子大声喊:"我不怕你——"

那个东西居然纹丝不动。小祥用树枝往前探探,树枝碰到了一个拳头大的东西,还是没有动。小祥战战兢兢地爬上前,摸到了那个"耗子",手一握还有点儿沉。他拿在手里退出了地下室。

当他站起身的时候,小田已经站在那里了。万万没有想到,小田的前面还站着两个大人——小田的爸爸,还有小祥的母亲。他们的脸色都很严肃。小祥紧张起来。

母亲说:"谁让你们进去的?"

"他让我进的。"小祥指指小田。

"你年龄大还是他年龄大?"

"我大。"小祥低着头,用眼睛的余光瞥着像个土猴子似的小田。

"你是哥哥,你要给小的做榜样,万一里面有个坑儿呀坎儿呀,伤着怎么办?有只野猫急了抓伤你们怎么办?你爸爸早就说过,这个院里假山不能爬,地下室不能钻……"母亲越说越生气。

朱叔叔咧开嘴笑了,他对母亲说:"吉太太,您不用生气,这两个小子有好奇心也是好事儿,就算是探险吧!估计这地下室也不会有什么危险,互相掸掸衣服吧!"说着他一把将小祥拉过来,给他掸衣服,还笑呵呵的,没事儿一样。

94

小祥和小田一边撣衣服一边就笑起来，没想到母亲也笑了。

"手里拿的是什么？"母亲看见了小祥手里的东西。

小祥双手递过去："不知道是什么，小田还以为这是耗子呢！"

小田伸过脑袋："我看到的绝对不是这个！"

母亲拿在手里说："像是洋铁砸扁了，怪脏的，扔了吧！"

朱叔叔接过来，用手使劲掰了掰，怎么也掰不开，又递给了小祥说："哪天卖给收废铜烂铁的，能买几块糖吃呢！"

大家各回各家，小祥心想，今天幸亏遇到了朱叔叔。

到了晚上，小祥把地下室捡到的"铁疙瘩"给父亲看。

父亲接过来，翻来覆去看了几眼说："好像是个大烟灯，被砸扁了，还是银子做的呢。"

"什么是大烟灯？"小祥好奇地问。

"旧社会有人不学好，抽大烟，抽的时候就得有这个东西！现在国家严禁抽大烟，没人再敢抽了。"

过了几天的一个晚上，父亲对小祥说："你可真的没有白探险，你捡的东西卖了一块钱。"

原来，父亲把那个东西拿到市场上卖了。

"怎么那么值钱呀？"

"按碎银子价格卖的。"父亲说。

"啊!"小祥很高兴。

"你说怎么花吧?"父亲又问。

小祥想了想:"留着家里过日子吧……"

父亲嘴唇动了动,没说话,只是轻轻摸了一下小祥的脸蛋,走开了。

第十二章

老先生和老大小姐

老先生很有本事,他发明的东西由他自己设计图纸,然后领着工人把他的发明设计做成样品。他还是许多工厂的顾问。

　　原来幸子家住的客厅变成了老先生的金工车间,那里面放了几台机床,还有两三个工人。他们完全是为老先生的发明和制造服务——等于是一个发明家的工作间。老先生本人也常常在这个屋子里"干活"。

　　让小祥最兴奋的是,老先生会制作许多玩具和模型。

　　有一次,老先生请小祥和几个小朋友看他制作的一个"小机器"。那是一个非常精致的制作蜂窝煤流水线的模型,整个体积只有一个抽屉般大小。麻雀虽小,五脏俱全,上面的零件都是缩微的真家伙,每个齿轮和杠杆都闪着瓦蓝瓦蓝的光泽。更让人感到神奇的是,通上电源以后,这个机器就开始工作起来。

　　小祥简直惊呆了,这是机器还是玩具呀?

　　老先生用那双瘦骨嶙峋的手把一团黑黑的煤末子放到左

边的漏斗里，按下开关，机器就会自动地注水、搅拌，煤末子被变成一个个鸽子蛋大小的小煤团儿，进到一个个瓶盖大小的模具里，成了规规矩矩的小圆饼，它们在流水线中行走着，就像一个个黑色的小糕点。机器上方另一个"长着"十二根"绣花针"的模具落下来，把小圆饼钻出了十二个眼儿……当一个个瓶盖大小的微型的蜂窝煤从传送带上"走"出来的时候，小祥看傻了！

老先生是个南方人，说广东话，他说话小祥有多一半听不懂，但小祥能从表情和动作猜测他要做什么。老先生个子不高，很瘦，在小祥的印象里，他总佝偻着身体，走路的时候就像一只啄米的鸡——身体一躬一躬的。他看上去很瘦弱，他的力量不在身体里，而在那戴着一副眼镜的脑袋里。

那天小祥放学回家。老大小姐正在拾掇她的金鱼缸。自从他们搬过来以后，前院草地上添了许多小祥没有见过的花草，还多了两个直径一米的鱼缸。里面的金鱼又给院子里增添了许多生气。可惜天上的乌鸦和喜鹊却成了金鱼的威胁。老大小姐就弄些竹棍儿插在鱼缸的渍泥里。竹棍儿密密麻麻的，鸟儿接触不到水面，鱼儿就安全了……

"小学生回来了。"老大小姐迎面走来,笑着打招呼。

"回来了!"

"在哪个学校上学呀?"

"北师二附小。"

"哟,真好! 来,小祥给我们唱段《小女婿》。"老大小姐拉着小祥的手,她一遇到小祥总是要让小祥唱段《小女婿》。老大小姐个子不高,走起路来却风风火火。她虽然只有一个人在场,却总说"我们"……

"唱一个吧!"母亲走过来,她认为这是答谢人家问候的最好的方式。

小祥就唱起来:"鸟入林,鸡上窝,黑——了天,杨香草守孤灯,左右为难……我心里,千头万绪……"

《小女婿》是一出评剧,小祥跟着妈妈在剧场里看过。他清清楚楚地记得在舞台上,一个屁大点儿的孩子躺在炕上睡觉。一个叫杨香草的二十来岁的小媳妇走到窗前关好窗子。舞台上的灯渐渐黑了下来。杨香草点燃了一盏小油灯就开始咿咿呀呀地唱起来。这段词刚刚唱了一半,炕上的孩子就叫起来:"娘,我要撒尿!"杨香草可不是他娘,杨香草是他的媳妇。小孩在尿盆里撒完尿睡了。杨香草又唱……小祥觉得杨香草很可怜。

　　这段唱腔很长，小祥却能够一字不错地唱下来。老大小姐就专注地听着。除了听《小女婿》，老大小姐从来没有过这样的神情。等到快结尾的时候，她的眼睛就显得潮乎乎的。小祥以为老大小姐不高兴了，停顿了一下。老大小姐就捉住小祥的手说："唱啊！"

　　小祥就接着唱下去。小祥不记得他给老大小姐唱过多少遍《小女婿》了。今天不过是其中一次，有时候，小祥都觉得腻了，主动提出："我给你唱《刘巧儿》吧！"

　　每到这个时候，老大小姐就摇摇头微笑着说："先唱《小女婿》，待会儿再唱别的。"

　　每次唱完了《小女婿》，老大小姐照例会在小祥的腮上亲上一口。小祥不喜欢老大小姐这样亲他，可是没有办法。《小女婿》一唱完，她就把小祥放走了，她对《刘巧儿》好像不感兴趣。

　　"老大小姐"是岁数大的人对她的称呼，孩子们可不许这样叫，小祥得到母亲的指示应该叫"老大姨"。虽然这个称呼还少了一个字，但小祥总觉得不如那四个字叫着顺口，所以一不小心就当面叫起了"老大小姐"。

　　老大小姐虽然不老，但是也不年轻了。老大小姐是个名副其实的老姑娘,因此老大小姐的"老"字也就有了多重意思。

老先生家里有许多好玩的东西。有一只瘦瘦的像铅笔一样高的玻璃鸭子,被安装在一个架子上。鸭子的眼前有一小盆水,那只鸭子总是在晃荡,它的嘴距离水越来越近,终于它的嘴碰到了水,也就是在碰到水的一瞬间,鸭子又离开水盆摇晃起来,周而复始,永不休止。

看见小祥呆呆的样子,老先生告诉小祥,这个玻璃鸭子里面装的是一种化学药水叫乙醚。乙醚是一种很容易蒸发的液体。鸭子底部的乙醚蒸发到鸭子的头上以后,渐渐地,鸭子头就会重了起来。头重脚轻的鸭子就会低下头,可是一碰到水,乙醚被冷却了,就会流下来,于是鸭子头变轻了,又会抬起来……

这样的解释,小祥听得懂!

老家有许多书和杂志,《小朋友》《儿童时代》《连环画报》……不少时候,小祥是在他们的家里读着杂志度过的。

老二小姐对小田很严格。她让小田拿个小马扎,坐在金鱼缸前面画画。这时候,小祥如果去找小田玩就显得很尴尬。

"小田在画画,待会儿再玩呀!"老二小姐说。

"多长时间呀?"小祥不知趣地问。

"等小田画完了，我让他去找你。"

小祥得到了许诺，快快地回了家。可都快到吃晚饭的时间了，也不见小田来找。跑到前院一看，小田早不在了。

有一次，姐姐告诉他，人家不来找你就是不愿意跟你玩，不要死乞白赖地去找，多没脸呀！她这样一说，小祥特别气愤："小田妈妈干吗要骗人呢？再也不跟他玩了，就连他家的门口我都不待。"

可是，过了几天小田主动找上门来。那是中午，小祥午睡的时候，走廊的窗户上出现了一个人影——那是小田！还没等小祥起身，母亲的扇子一摆，窗外的影子消失了。

有时候在一起玩也是很难很难的呀……

有一次，母亲对小祥说："不要总在人家家里待着。人家也有事儿，不好意思说。"

"他们没事儿。"小祥说。

母亲让小祥转过身子有些严肃地说："人家凭什么让你在家里一坐就是半天，人家凭什么要带你参观玩具展览，这不是应当应分的，你要知道人家对你好，你得知道'念'人家的好儿。"

小祥听了，默默地低下了头。

第十三章

乳白色的小树

有一天，小祥又到老先生家里玩，他看见在书桌上放着一棵奇怪的玩具小树。那棵小树是用一块茶杯大小的乳白色的橡木制作的，刀子从下面削上去，并不削到底，于是被削的木条有点儿像刨花一样微微地向上翻卷上去——整棵树就像一把乳白色的小伞。

那棵小树深深地吸引了小祥，真是让人爱不释手。他看见房间里一个人也没有，就悄悄把小树放进了自己的口袋。虽然谁都知道拿人家的东西是件不好的事情，但他太喜欢那棵小树了。

第二天黄昏的时候，小祥正在玩自己发明的军事游戏：一个扫炕的笤帚放在桌上是一个阵地，笤帚苗就是森林，还有一个掸衣服的掸子，布的皱褶算是高山。一边的士兵是围棋的白子，另一方就是黑子。妈妈在一边做着针线。

忽然有人敲门，原来是老大小姐来了。

小祥急忙躲进了贮藏杂物的小屋，竖起耳朵听着外面的一切。他想起了昨天他偷拿人家的小树。现在,那棵小树就在床底下的小盒子里。他有些害怕了,但是他不敢出去,老大小姐和母亲说的什么他也听不清楚,只是害怕地等待着。

他听见母亲叫他的名字:"快来,老大姨给你送玩具来了。"

小祥迟疑地走进房间,他不知道也不明白妈妈在说什么。

老大小姐笑着坐在椅子上。桌上摆着一个用钥匙上发条的米黄色的铁皮玩具小鸡和一支黑色的用竹子做的机关枪,都是崭新崭新的。他连忙在母亲的招呼下向人家表示感谢。

那一瞬间,他把拿人家小树的事情全忘到脑后了。

老大小姐走了,小祥拿起机关枪转动手柄发出清脆的"嗒嗒"声。这时,他发现母亲在一旁看着自己。他猛地想起,老大小姐在他来到房间之前,是不是说了什么话。于是他惴惴不安地将机关枪放到桌上,等待暴风雨的到来。没有想到,母亲只是慈爱地说:"玩吧,到院子里去玩吧,在屋里太吵。"

吃晚饭的时候,母亲对父亲说:"这又不是年又不是节的,老大小姐给小祥送玩具,你说是怎么回事?"

爸爸看看小祥:"你跟人家要过东西吗?"

小祥摇摇头。

那天晚上，小祥没有睡好觉。他不明白送玩具和他偷拿人家的小树这两件事有什么样的关系，但他总想着他犯了一个很大的错误，他希望那棵小树回到原来的地方。第二天，他悄悄拿出小树——树叶已经被他的手弄黑了，他用肥皂洗了好久仍然洗不干净——不但不干净，反而越洗越黑。

中午午睡醒来以后，母亲问小祥："有什么事情没跟妈说吗？"

小祥本能地摇摇头，其实他已经看出妈妈怀疑他了。

"没有做错什么事情吗？"母亲追问。

小祥没有做任何抵抗，把拿人家小树的事情老老实实地说出来了。

母亲的脸色严肃起来："这件事情很不好，知道吗？"

"知道。"小祥低着头。

"你是自己去跟老大小姐说，还是我带你去和老大小姐说？"

"我自己去……"小祥哭起来。

"知道怎么说吗？"

"我拿了你们家的东西，我错了，以后再也不敢了。"

那天快吃晚饭的时候，小祥站在前院客厅的门口等着老家的人从这里过。他没有勇气敲门。

时间过了好久好久，他终于忍不住举起手。就在这个时候门开了，老先生走出来，看见小祥，有些奇怪："有事吗？明天再来，我们要出门。"

"我找老大小姐！"

老大小姐出现在老先生的背后，看他们的样子，好像要出门有约会。小祥忍不住了，他不能拖到明天了。他从口袋里掏出一方手绢，打开，取出那棵小松树："老大姨，我拿了你们家的东西，我错了，以后不敢了。"

老先生微微低下头，目光从眼镜片上方看着老大小姐，似乎在问："怎么回事？"

老大小姐笑着说："这小树是我送给小祥玩的，现在他送回来了。啊，有点儿脏了。好了，回去吧。"

小祥愣了一下，刚才他的道歉，老大小姐是不是连听也没有听呀？

老大小姐扶着老先生走下台阶。

三天以后，小祥又在老先生的客厅里看见了那棵小树，依然是美丽的乳白色。

"怎么洗干净的呀？"

老先生摇摇头说："这是我重新做的小树。"

"弄脏的那一棵呢？"

老先生打开抽屉，拿出了一棵小树，那小树是碧绿的，上面是闪光的漆。眼前的两棵树，一白一绿——都那么生动可爱！

第十四章

小黑枣陈燕平

同学们都希望关老师喜欢自己,关老师说,每个同学她都喜欢。两个月过去了,关老师和同学们都熟悉了,同学之间也都熟悉了。大家觉得关老师最喜欢的还是班上的陈燕平。

　　下了课,许多同学围着关老师,他们情不自禁地扯着关老师蓝衣服的下摆,有时候还错把关老师叫成妈妈。

　　小祥觉得很可笑,也觉得他们"太小"。怎么能连自己的母亲和关老师都分不清呢? 但是小祥也特别希望关老师能摸他的头。在小祥的记忆中,这学期关老师只摸过他两次头。关老师最喜欢摸陈燕平的脑袋。在小祥的印象中,关老师几乎总是把手放在陈燕平的头上。

　　陈燕平在班上个子最矮,也最瘦。坐在第一排正对讲桌的位置。报到的那天,小祥和妈妈正在看墙上的录取榜。身后传来一个男孩的声音:"你们要上这个小学吗?"

　　小祥回头一看,是一个又瘦又小的男孩儿,脸形就像一颗小黑枣,脸色黝黑。眼珠特别黑特别圆,就像一只小老鼠,特别有神！小祥一下子记住了他。

关老师最喜欢他，因为他们家的生活很困难，他学习成绩却是全班第一，而且他待人和气又遵守纪律。

陈燕平在家长中也很出名。家长经常对自己的孩子说，要跟人家陈燕平学！

有一天，大家玩弹球的时候，蒲运生忽然说："陈燕平没有爸爸……"听到这句话的同学都愣了一下。

小祥去过陈燕平的家。他的家很小，就像是门洞改成的，只能放下一张床和一张小桌子。他的妈妈在缝衣服，她就是靠给人家缝补衣服过生活。妈妈和陈燕平一样，也很黑很瘦。她还梳着两条长辫子，这不但没有使她看上去年轻，反而显得更加苍老，只是那双黑漆一样光亮的眼睛让小祥久久难忘……

上学路上的诱惑是巨大的。

出了大乘巷胡同就是南草场大街，这里离学校不到五十米的路程，但卖食品的小摊却让小学生三步一看，五步一停。第一个小摊在一个高台阶上，卖的是零食和小玩意儿。小祥最感兴趣的是两样东西。一个是"糊涂糕"，另一个是"蜜棍儿"。糊涂糕就是把熬好的山楂糊糊放到一个还没有小祥拳头大的江米小碗里，拿个小木勺一勺一勺地挖着吃。蜜棍儿就是用个小秫秸棍儿,顶上插一个青杏儿,然后在白糖稀的碗里蘸一下,递给小孩一路走一路吃。与其说吃,不如说舔。这两样东西的价格都是两分钱。

再往前是个十字路口,一个角上是理发店,另一个角上是个烧饼铺。带芝麻的烧饼三分钱一个,焦圈两分钱一个,还有豆腐脑、豆浆什么的。小祥和大部分同学很少进去,因为大家吃不起这样"豪华"的早餐。东北角上是个水果摊,这里只有两样东西是小祥买得起的。一种是水果皮——做罐头的时候削下的水果皮没有丢弃,用糖水浸泡一下,再晾干了放在柜台上的篮子里,一嘟噜一嘟噜的水果皮比水果便宜多了。还有一种就是枣核。北京有种小吃叫瓜罗枣,那种枣可是特制的,没有核——不是枣子天生没有核,而是用机器把核打掉,再烘干就是瓜罗枣。剩下的枣核儿的身上和两端还有些枣肉,烘干以后也来到水果摊上。枣核身上能有多少肉?不过是咂巴滋味罢了,就像小狗啃骨头。这些东西都是给小孩预备的。

有一天,关老师在班会课上,专门讲了吃零食的问题。她告诉大家吃零食不好。一是吃零食不能培养勤俭节约的习惯,二是吃零食不卫生。她还特意指着班上一对姐妹崔克勤和崔克俭说,我们就要像她们的名字一样——克勤、克俭。最后她又表扬了陈燕平,说陈燕平从来不吃零食。

"老师,有问题!"刘光庭边举手边说话。关老师只是看了刘光庭一眼。刘光庭意识到说话说早了,于是闭上嘴,左手放在右手的肘下,手举得像根旗杆。

关老师又讲了一会儿话,停顿的时候才指指刘光庭。刘光庭站起来说:"老师,陈燕平的家就在学校对门,他上学根本不路过卖零食的小摊……"

这话说得没头没脑,但大家都明白了,关老师更明白了,刘光庭的意思是陈燕平不值得表扬。关老师说:"不能强调客观原因,这是一个人的品行和习惯……"

蒲运生也插嘴说:"他们家就是离学校再远,他也不会吃零食,因为他没有钱。"

教室里一下子安静了,关老师瞪着蒲运生,仿佛第一次见到他一样。蒲运生也觉得有点儿不好意思:"我说的是实话……"

就在这个时候,有人敲教室的门,开门一看,原来是传达室的王大爷和常大爷站在门口。王大爷端着个搪瓷脸盆,里面盛满了黄里透红的杏子。常大爷拎着个麻袋。

同学们好奇地叽叽喳喳。

王大爷说:"关老师,学校派我们给同学们送杏儿来了!"

关老师问:"别的班都有吗?"

王大爷说:"都有,每个班半脸盆,都有。"

关老师接过杏子,倒进了班上做清洁用的白脸盆里,转身对同学们说,"大家知道我们学校的大杏树吗?"

大家一起说:"知道——"

"这些杏子就是从月亮门前面的大杏树上摘下来的。这棵杏树长得这样大,结的杏子这样好吃,全靠大家的爱护……没有一个同学摘一个杏子。我听薛校长说,掉在地上的杏子都会被路过的同学捡起来交到少年儿童队大队部。薛校长说,我们的杏树就可以写一篇很好的故事。"

接下来,关老师就让中队长胡兴民给大家发杏子。教室里一下子沸腾起来。同学们就像一个个小馋猫一样伸长了脖子,笑着,叫着……

关老师看看脸盆里的杏子,估摸了一下说:"每个同学先分两个吧……大小匀着点儿……"

一会儿的工夫,杏子分完了,小祥也分到了两个,脸盆里还剩下五个杏子! 关老师说:"还有五个杏子,每个人两个,谁还没有分到？"

宋小惠说："关老师还没有！"

同学们一起喊："关老师还没有！"

关老师笑眯眯地拿了两个。有同学喊："都给关老师！"

"大人吃得多！"刘光庭说。

大家都笑了。

关老师摇摇头。

"给陈燕平吧！他平常吃的零食最少。"刘光庭又说。

"对！给他。他们家最穷。"蒲运生也喊道。

"同意——"全班同学一起说。

关琦老师和胡兴民端着脸盆走到陈燕平面前："陈燕平，同学们都说给你，你就拿着吧。"

陈燕平瞪着大眼睛，摇摇头。

"拿着吧，别客气！"刘光庭又说。

陈燕平又摇摇头。

关琦老师关心地问："怎么啦？陈燕平，大家都是好意呀！"

陈燕平的脸有点儿发红，他站起来说："关老师，谢谢大家的好意。我妈妈告诉我，一个人再穷，也要有尊严！"

教室里先是静了一下，接着同学们便小声议论起来。大家似乎明白了陈燕平的心思。他一定是生刘光庭和蒲运生的气了。

大家一起看看关老师，关老师的神情变得很奇怪。她也不说让陈燕平拿着，也不说不让他拿着。

沉默了一会儿，关老师又用手摸摸陈燕平的头顶。小祥忽然觉得，关老师应该抚摸陈燕平的头。如果小祥是老师，也会这样做的。这是一种安慰也是一种称赞。

几天后的一个晚上，小祥睡了。他隐隐约约地听见母亲对父亲说："听说，陈燕平没有爸爸，就是刚解放的时候……"

其他前前后后的话，小祥都没有听见，只这一句，他听得真真切切。陈燕平没有父亲，而且有什么不好的事情发生过……他觉得陈燕平很可怜。陈燕平父亲的事情，关老师知道吗？陈燕平自己知道吗？小祥不想爬起来问，他知道这种事情大人是不愿意让小孩知道的……

心里有了这个秘密，小祥再见到陈燕平的时候，不知道为什么，总有些莫名其妙的慌张。每次看到陈燕平埋头用功的时候，总感到他的母亲就坐在一旁在缝补衣服……

有一天课间的时候，许多同学在一起玩，蒲运生突然问："陈燕平，你爸爸呢？"

陈燕平的脸变得潮红,就像得了痨病(肺结核)一样。好半天,陈燕平才说:"在外地做事儿呢。"

"怎么老不回来呀?"蒲运生又问。

鬼使神差一般,小祥走上去大声地说:"他爸爸到上海去了。"

"你怎么知道?"

"就是知道,他爸在上海做事儿!"小祥几乎要喊起来。

几天以后,小祥在陈燕平的家里吃了一顿面条,那是一碗带肉丝的打卤面。陈燕平的妈妈一个劲儿地劝小祥多吃,其实小祥看见铁锅里的卤已经不够一个人吃的了,陈燕平的母亲还没有吃……

小祥从来没有把那碗面和他在课间说的话联系起来。因为他那天是偶然到了陈燕平家,陈燕平的母亲就让他留下吃饭。

回家以后,小祥和母亲说了这件事。母亲说:"哪天也让陈燕平到咱们家来玩吧。"

第十五章

成长的烦恼

人长大了，犯错的机会也多了。

那次犯错误是和刘光庭一起。刘光庭和小祥一起从幼稚园升到了二附小，关系相当密切。

有一天，刘光庭从家里带来一个上面刻着花纹的皮球，像是垒球又不是垒球，拿在手里硬邦邦的，特别沉。

下了课，小祥和刘光庭轮流扔皮球玩。不知道怎么回事，小祥把球扔到了大玻璃窗上，随着一声沉闷的声响，大玻璃从窗框上掉下来。小祥的第一个反应就是举着掉在地上的一块最大的玻璃往窗框上那残留的玻璃上安，可是怎么安得上去呢！

几个同学大声拍手喊着："啊！这下捅娄子咯！"

小祥傻了，刘光庭也傻了。

关老师把小祥和刘光庭带回了办公室。

"谁砸的玻璃？"

"他——"刘光庭指着小祥。

"谁带来的球？"

"他——"小祥指着刘光庭。那一刻,他的脑子里闪出一线生机。如果刘光庭不带这个硬邦邦的球到学校来,他也不会闯这样的大祸……他觉得刘光庭应该赔这块玻璃。

母亲被请到学校里来了。最后的结果是这块玻璃一共是三块钱,小祥家长赔两块五,刘光庭的家长赔五毛。回家以后妈妈什么也没有说,只是长长地叹了口气。小祥心里却像针扎一样地难受。这两块五几乎是小祥家一个星期的菜钱。

小祥觉得这是他有生以来惹的最大的祸。

从那次砸玻璃开始,小祥觉得自己从好学生的队伍里滑了下来。他开始接二连三地犯错误!

小祥家住在大乘巷胡同九号,有时候到十号的院子里去玩。十号有个女孩叫小惠,比吉祥小一岁。有一天吉祥、小惠还有老德子三个人一起在门口的台阶上玩拍洋画。洋画就是扑克牌二分之一大小的画片。画面朝上,不能用手挨着画片,在一旁拍地面,如果掀起的风把画片翻过去了,就算赢了。玩着玩着,老德子突然看到地上有张两分钱的纸币,于是叫道:"谁的钱?"

一张绿色的两分钱纸币对折着躺在台阶上,上面的图案是架停在机场的飞机。小祥说:"那钱是我的!"

在没有任何争议的情况下，小祥准备把纸币放进兜里。就在这个时候，小惠忽然摸着自己的衣兜说这钱是她的，爸爸今天早晨给了她五分钱，她买了一个烧饼花了三分钱，还剩下两分钱。就这么折着，现在没有了……

听小惠说得这样清楚，小祥的心里没有了底。钱可能不是自己的，但也不一定就是小惠的。于是他一脚在台阶上，一脚在台阶下，硬着头皮和小惠争起来。

小惠哭了。

就在这个时候，小惠的爸爸从屋里走出来。他对小祥说，那钱是他给小惠的。这话就像是最终的宣判。小祥把钱从兜里拿出来递给小惠，脸涨得通红。小惠的爸爸领着小惠回到院里，关上了院门。老德子不知什么时候走了。只有小祥一个人留在台阶上，姿势都没有变，仍然是一脚在台阶上，一脚在台阶下。一丝羞愧涌上小祥的心头。

几天前，小祥到胡同口的小杂货铺买醋，他拿着一张两角钱的纸币，快到小铺的时候，他忽然想今天掌柜的一定会找错钱，一定会多找给他钱……

当人在贫困的时候，脑子里就会生出许多幻想，比方说在地上捡到钱，比如买东西的时候，人家会多找你钱……总之到

了这种想入非非的时候，人就会把万分之一的可能、百万分之一的可能，想象成一种立刻就能实现的现实。

那天不知道是老天爷的暗示，还是掌柜的吃了迷魂药。小祥的幻想变成了现实，两角钱买了两分钱的醋，居然找回了九毛八分钱。小祥很高兴，不是因为占了这么多的便宜，而是为刚才的预感得以实现而激动。

他很从容地把钱放在柜台上说："掌柜的，你找错钱了……"掌柜的一愣，小祥接着说："我刚才给你的是两毛钱。"

掌柜的"哦"了一声，急忙把钱收了回去，连声"谢谢"都没说。小祥还是很高兴，除了预感的应验，他还觉得自己很高尚。

可是今天这是怎么了，自己为什么这么贪心和可耻？小祥失魂落魄地走回家。那时候他最害怕小惠的爸爸将这件事情告诉他家里，幸好没有……大约过了一个星期，小祥才从那说不清的惶惑中缓了过来。

小祥上学以后，父亲给他用纸列了个表格，一个月一张，每天晚上由父亲用笔填上今天的表现。最好的表现是"上"，一般的表现为"中"，最差的就要写"下"。多少天来，他一直都是"上"。

现在他明显地意识到,自己不如以前好了。现在如果父亲再问他表现的时候,他肯定说自己是"中上",甚至是"中中"了……

胡同里空空荡荡的,只有木头电线杆从眼前一直延伸到胡同口,一、二、三、四、五,一共是五根。

第十六章

不到九周岁

下午第二节，是一堂自然课。

刘老师的课讲完了，正在布置课外作业。她手里拿着一块云母的矿石，用缝衣针在矿石上仔细地挑了两下，一片琥珀色的薄薄的云母片被剥离出来，晶莹透明，大约有半个手掌大小。如果是大人的手掌，那大小就是手掌的四分之一了。

刘老师举着云母片，又拿过一张马粪纸说："大家在马粪纸中间用小刀刻出一个眼镜片大小的圆洞，刻两张！然后把这片云母片夹在两块马粪纸中间用糨糊粘好，就做成了一个可以观看日偏食的眼镜。再有两天就要出现日偏食了，我们用这个眼镜可以观察……"

教室的窗外出现了班主任关老师的身影。小祥知道，快下课了。关老师一定是要和同学们说什么事情。

刘老师接着说："一会儿每个同学到我这里来，领一小张马粪纸和两片云母片，今天的家庭作业就是做一个观察日食的眼镜。"

高兴的欢呼声和下课铃声一起响了，同学们起立，向刘老师鞠躬。关老师推开门走进教室。同学们又原位坐好一动不动，抬头看着关老师。关老师在同学们心里有着绝对的权威，再调皮的同学也不敢在关老师面前参刺。关老师说："等一会儿年满九周岁的同学留下，其他同学就可以走了。"

小祥上小学二年级，六岁入学，现在是八岁。有些同学是七岁入学，现在才应该是九岁。

留下年满九周岁的同学是什么意思呀？哦——小祥猛地一下明白了，九周岁是加入少年先锋队的年龄呀！留下的就是要入队了，就要戴上红领巾了。

同学们纷纷到讲台上领云母片和马粪纸，没有多少人议论或猜测戴红领巾的事情。小祥觉得有点儿怪，他领完马粪纸和云母片，夹在书本里，然后又回到了自己的座位坐下。他装作不经意地左右看看，发现有一半的同学离开了教室。可他不能走，没准现在一留下，就戴上红领巾了。

刘老师向关老师点点头也走了。教室里变得安静下来。小祥忽然感到有些紧张。

关老师注视了同学们一会儿，看到小祥的时候，小祥不由得微微低下头。关老师讲话了，果然就是加入少先队的事情。

关老师先说了少先队的光荣,又说了每个想要入队的同学都要写申请书的事情,前后不到五分钟,关老师就说放学了。

小祥正要往外走,却被关老师叫住了。她让小祥回到座位上,关老师拉出前面的椅子面对小祥坐下,看架势好像要说很长时间的话。小祥的心"咚咚"跳起来。

"你现在够九周岁吗?"关老师问。

"不够——"小祥不敢撒谎。话还没有说完,他就像做了很大的错事——就好像偷了人家的东西一样。小祥没有想到,自己无声地哭了起来,一面哭一面摇头。

"少先队有规定,九岁才可以入,你回家吧!"说完,关老师摸摸他的头,站起身走了。

那时候,是不是少先队员,戴不戴红领巾就是好同学和一般同学的区别。戴上红领巾就是一个好同学,如果你的胳膊上再有个大队长、中队长,甚至是小队长的臂章,那你就是优秀学生了。入队有早晚,有前后,九岁是个起码的条件,但不是每个人到了九岁都可以加入少先队,早入队早光荣!有的人到了小学六年级才入队,那还有什么光荣可言,那就是给落后生一个安慰罢了!

过了大约一个星期,全校召开少先队大会,所有的少先队员列队操场，大家都戴着鲜艳的红领巾，穿着白上衣蓝裤子，好看极了！他们的前面是学校的鼓号队。鼓号队威风凛凛，一水的红领巾，前面的指挥还戴着雪白的手套。

没有戴上红领巾的同学也分班站在操场上。大队辅导员李老师戴着红领巾大声宣布："北师二附小少年先锋队入队仪式大会现在开始！出旗！"

伴着"咚咚锵锵"的鼓乐声，戴着大队长臂章的六年级女生宋桂英擎着星星火炬的大队旗从少先队员的前面走过。她的后面跟着两个护旗队员，手臂都高高举过头顶。小祥心里非常羡慕，他什么时候也能做护旗手呀！

出旗仪式结束以后，全体少先队员高唱队歌："我们新中国的儿童，我们新少年的先锋……"

小祥所在的二年级一班有十几个同学成为了少年先锋队新队员，他们也都穿着白上衣蓝裤子，站在班级的最前面。

"给新队员授红领巾。"李老师激动得脸涨得通红。

鼓号声又响起来，小号的嘀嗒声让人格外振奋。新队员走到操场中间，他们大多是二年级的同学。小祥看见他们脸上都是笑盈盈的。

整个仪式大约也就半个小时。新队员敬礼的时候，大队辅导员大声说:"同学们,你们知道我们右手五指并拢高高举过头顶是什么意思吗?那就代表着,人民的利益高于一切!"

小祥暗下决心,再过一年,当他年满九周岁的时候,他也要把右手高高举过头顶。他盼望着那一天。

第十七章

牵着妈妈的手

每年的十一国庆节北京天安门广场都要举行庆典活动。上午阅兵、群众游行，晚上焰火晚会，大家一起随着广场的音乐跳集体舞。

五年级以下的小学生，因为年龄小，在那一天是放假的，没有任务的同学都不用上学。那时候电视机非常稀有，一般的百姓都看不到电视。没有电视机，许多人就围在话匣子(收音机)边收听广播。那广播里主要是著名播音员齐越、夏青、葛兰在天安门现场口述实况。他们的声音就像给听众安上了一双眼睛，带领大家来到天安门广场……

小祥也在话匣子前听过广播，可是有几个国庆节，是妈妈领着他到长安街去看游行队伍。

有庆典的日子，长安街两侧的街道都戒严，有轨电车和汽车都停运了。小祥需要步行去长安街的西单路口，从大乘巷的家到西单路口大约有十站路的距离。

为什么要去西单路口呢？因为在那里可以看到从天安门

走过来的游行队伍。

　　长安街从西单到东单的路段是戒严的,除了游行队伍,一般的行人不能通过。游行队伍是从东往西行进的,到了西单还能保持队形,让看热闹的群众看到"热闹"。尤其是部队的坦克、装甲车通过的时候,大家还是非常兴奋的,因此,在西单路口就聚集着许多像小祥一样的"看热闹"的老百姓。

　　庆典一般都是上午十点开始,由北京市市长宣布开始。首长检阅完成以后,部队首先缓缓通过天安门,飞机也开始掠过天空,部队过了天安门,速度就加快起来。一刻钟之后,部队就可以经过西单!"看热闹"的就可以一饱眼福!所以小祥和妈妈在十点多一点就要赶到西单。

　　除了部队,群众游行队伍以一个个方阵的形式通过天安门,大致由仪仗队、少先队、工人队伍、农民队伍、学生队伍、国家机关干部、少数民族、民兵、文艺大军、体育大军组成,这些方阵中还伴有抬着领袖像和大幅标语的、打着旗帜举着花束的、开着彩车的、捧着和平鸽和举着气球的……

　　令人遗憾的是,美丽的气球、和平鸽在天安门广场就放飞了。许多游行队伍在到西单之前就疏散了,有的拐进了南长街,有的拐进了六部口,这让盼望已久的老百姓多少有些失望。坦克大炮是大家的一个兴奋点,体育大军和文艺大军是另一个兴奋点。文艺大军的演员穿着戏装站在彩车上摆着角色的姿势。体育大军簇拥的彩车上男女运动员还穿着泳装。十月份的北京有些冷了,大家都穿毛衣了。看穿着泳装的运动员冻得有些发僵的样子,人们戏称他们是板鸭队。看见他们的样子,小祥真替他们打哆嗦!

有些队伍到了西单就像完成了任务,什么动作也没有只是排着队走路。有些队伍还保持着良好的状态,在指挥的带领下给大家表演一番,周围的观众真是心生感激。

就是在长安街上,小祥平生第一次看到坦克和装甲车,第一次看到飞机列队从空中飞过。

看完游行队伍,从西单走回家的路上,小祥真的是很累了,他和母亲几乎是走一站路就要坐在马路牙子上歇一会儿。每次母亲用手拉小祥起来都很费劲。

有一次,他们往回走的时候,有轨电车可以开动了,"当当当"地驶了过来,母亲带小祥上了车,车票五分钱一张。那天不知道为什么,小祥的票非要自己拿着。他看见许多大人拿了票都把票贴在嘴唇上,觉得很好玩。他跪在窗边的长椅上,也把票粘在嘴唇上,母亲说这样不卫生。小祥又用手举着票,拿着拿着一不小心，把票掉在椅子和窗子的夹缝里了。下车的时候，售票员看到小祥没有票，非让他补票。母亲怎么解释都没有用，只好又花了五分钱。

下了车，母亲在前面走，看都不看小祥一眼。小祥知道母亲生气了，也不敢让母亲等，只是迈着小碎步小跑着追着母亲。那一刻他特别希望母亲能转过身，拉起自己的手……

母亲还是没有理他，小祥几乎要哭出来了。

就在这个时候，母亲忽然转过身，看着小祥说："以后要听大人话，记住了吗？"

母亲把手伸过来，小祥激动地跑过去，那一刻的温暖和踏实他久久不能忘记。

第十八章

荣　誉

一年过去了，小祥又长了一岁，也到了加入少年儿童队的年龄。但是入队的条件越来越严格，不是年龄够了就可以加入，还要在德智体三方面表现突出才可以加入。小祥更加努力了。

有一天关老师宣布了一件事情。这次班上要评选出十名优秀生和十五名进步生。老师还把奖状给大家看了一下。优秀生的奖状是粉色的，进步生的奖状是天蓝色的。小祥望着那些奖状，他很想得到优秀生的奖状，但是他忽然觉得自己已经算不上优秀了。如果能得个进步生的奖状也挺不错的。

二附小的评选很民主。首先在班上由同学们提名。老师在黑板上写下被提名同学的名字，然后由大家投票，最后按票数的多少，再由老师确定谁是优秀生、谁是进步生。

老师说，今天大家先想一想，酝酿一下，下午班会的时候正式提名选举。关老师又把学生成绩单摊到桌上，庄重地念了一遍。

课间的时候,小祥听见有人叫他的名字,回头一看原来是好朋友杨荫普,还有刘光庭。

杨荫普凑了过来小声地问:"想不想当进步生?"

"谁选咱们呀! 得有人选呀!"小祥说。

"吉祥选刘光庭,刘光庭选我,我再选吉祥,咱们罗圈选……"

"行吧!"小祥犹豫了一下,有点儿勉强地回答。

"保密! 反正咱们都有进步!"刘光庭有点儿心虚,说这话安慰自己。

"好! 谁说出去谁不是人!"杨荫普说。

下午班会的时候开始优秀生的选举,不出所料,黑板上没有出现小祥的名字。关老师拿着粉笔站在黑板前面,不时地向准备举手提名的同学投去鼓励的目光。

终于开始选举进步生了。这次同学们提名非常踊跃,人人都觉得自己可以当进步生。

黑板上都出现了十五个进步生的名字啦! 小祥默默地数着。

小祥有点儿坐不住了,杨荫普和刘光庭时而用眼睛看一下小祥,小祥终于硬着头皮站起来了,他竭力躲着关老师的目光,几乎是闭着眼睛说:"我选刘光庭!"说完赶快坐下了。

关老师点点头,刘光庭的名字上了黑板。刘光庭的眼睛亮了。

大约过了五分钟,按预定计划,小祥和杨荫普的名字也上了黑板。

最后全班同学举手通过,三个人都成了被提名的进步生。

关老师用平静而又威严的目光向全班同学扫了一遍。当掠过小祥的时候,小祥发现那目光有些异样。是不是心理作用呀!他把眼光散开去,不去正视关老师,但当他把眼光又收拢的时候,却发现关老师的目光仍停在自己的脸上。在那目光的直射下,小祥觉得自己仿佛成了透明体。他的心怦怦乱跳。

"我再核对一下被选上同学的成绩,明天发奖状!"关老师说。

下课了,杨荫普和刘光庭像兔子似的飞快地蹿出门去。小祥也正要走出教室的时候,关老师叫住了他:"小祥,到办公室来一趟。"

小祥觉得腿有点儿发软,他后悔了,他光顾着当进步生,忘了关老师的眼睛是可以洞察一切的。

"说说，你为什么要选刘光庭？"关老师一边批改作业，一边漫不经心地问。

　　"他有进步……劳动也挺卖力气的……"小祥说。

　　"昨天，全班同学擦玻璃，他却逃跑了！"老师从作业本上抬起头盯着小祥。

　　"我不知道……"小祥垂下眼睛。

　　"抬起头，想想有什么要对老师说的吗？"关老师一副很随和的样子。但是小祥感觉到这已经到了选择的时候。要么说出真相，要么死不承认。杨荫普和刘光庭如果在场，小祥没准会说实话的。可是另外两个人不知道在什么地方，他不能背地里说，他不能背信弃义。

　　小祥现在痛苦极了。抬起头，他看见了关老师花白的头发。白头发中不知有多少根是为了学生变白的。"罗圈选"有点儿小人的味道……他不能再撒谎，撒谎对不起关老师。

　　可是，杨荫普和刘光庭呢？人家都不说，我怎么能说呢？

　　"是不是刘光庭让你选他？"关老师突然问。

　　"不是，是我自愿的……"小祥低声说。

　　第二天上课的时候，关老师拿着一沓奖状走进教室。同学们立刻变得活跃起来。杨荫普和刘光庭的眼睛都看着天花板。

小祥也有些紧张。

"一个人最宝贵的是诚实！"关老师开口了，"可是，就在我们昨天的选举中，有三个同学却搞了小动作。为了能拿到奖状，他们居然互相选。但是有两个同学能够认识到自己的错误，和老师说了实话……"

小祥愣住了，他还没有完全明白关老师的意思。

"这两个同学我保留了他们进步生的资格，而另外一个同学，在他认识到错误之前，是不能获得奖励的。"

教室里顿时安静下来。大家都用探询的目光互相张望。

小祥的心"呼"的一下沉了下去。

老师开始宣布进步生名单了，那是小祥最痛苦的时候，杨荫普和刘光庭都榜上有名，可是没有他。长这么大，小祥第一次发现他成了班上最落后的人！

放学了，教室里一片欢腾，许多同学都拿着奖状回家报喜去了。小祥希望那两个同学能来到他身旁安慰他一下。可教室的人都快走光了，他们也没有来。小祥只好埋怨自己。他很想骂他们，可是为什么要骂人家呢？人家不是有理吗？

小祥很想哭，为什么哭呢？杨荫普昨天出了这个主意，现在他又和老师说了，是他不对呀！想到了这个委屈的理由，小祥还是哭不出来……

事情没有完。新的一批少先队员要被批准了,再过几天,名单就要贴在校门口的布告栏上。

那天下午放学的时候,小祥走到学校门口,大队辅导员李老师把他叫到了大队部。李老师对他说:"新队员的名单就要公布了,这次没有你的名字,这说明你还有不足的地方,不要灰心,好好努力,争取下一批再加入少先队……"

走出学校,小祥忍不住掉下了眼泪。那天回家的路显得那样长。

刚刚吃过晚饭,有人按门铃。

小乘巷的曲大爷来了,他的后面跟着杨荫普。见到小祥,杨荫普和小祥打了个招呼。小祥很奇怪。

曲大爷在这一片是很有名的习武的人,他下巴上有三绺长长的胡须,大家都认识他。于是父母很客气地招呼曲大爷坐下。曲大爷指着杨荫普说:"这是我外孙。今天我是特意来给你们家吉祥道歉的。"

小祥的父母觉得很奇怪,小祥也很惊讶。

原来前天杨荫普回家以后,把进步生的奖状拿给家长看,恰好曲大爷也在一边。家里人表扬了杨荫普的进步,杨荫普有些得意,就说起了小祥的进步生被取消的事情。曲大爷仔细地听了起来,越听越有兴趣,听到后来,他的眉头紧紧皱了起来。

他问杨荫普:"罗圈选是你出的主意吗?"

"是我。"

"老师问的时候,你承认了吗?"

杨荫普点点头。

"吉祥承认了吗?"

"他比较死性,还不承认,老师生气了……"

曲大爷让杨荫普站到自己的面前,绷着脸说:"你把人坑了,知道吗?"

杨荫普紧张起来。

小祥的父母不知道学校里发生的事情,只是看出小祥最近有心事。听曲大爷这样一说,才知道了事情的原委。

曲大爷对小祥说:"你犯了一个错误,选举不应该使小心眼儿,应该光明正大!"

小祥点点头。

曲大爷又指着杨荫普,抬高了嗓门说:"可是你,犯了两个错误。第一,你起意'罗圈选',这是第一个错误;然后你又跟老师说出了吉祥的名字,你说的时候,想过还会伤害其他人吗？这是对朋友不义,这是你第二个错误！"

大家都愣住了,谁也没想到曲大爷会当着生人的面这样劈头盖脸地数落自己的外孙。小祥觉得有股热乎乎的东西从心口使劲往嗓子上涌。他特别想哭,但是他强忍着自己。

曲大爷对小祥的父亲说:"我今儿就是让他来给你们孩子道歉的。"

父亲连忙说:"曲大爷,您这话儿是怎么说的,小孩子之间磕磕碰碰的都是历练,您还这么当回事,实在是不敢当！小祥,赶快谢谢曲大爷……"

见小祥没有开口。杨荫普拿出那张进步生的奖状递给小祥:"这奖状给你吧。"

父亲笑起来:"你看,这不是孩子嘛……"

"我入不了少先队了。"小祥"哇"的一声哭出来了。

大家都愣了,小祥的眼泪在心里憋了许久,一直没有缺口,曲大爷的话就像只小手在他心里挠了一下。他再也忍不住了。

曲大爷问明了情况,眯缝着眼睛想了一会儿,什么话都没有说,摸摸小祥的头顶,站起身带着杨荫普走了。

学校又一次举行隆重的入队仪式,杨荫普、刘光庭和其他新入队的队员都穿着白上衣蓝裤子,列队在领操台前。

小祥和那些还没有入队的同学坐在一边。他觉得孤零零的——这个班上没有入队的同学已经不多了。

这次主持会的是大队长,她开始宣布新入队同学的名单。万万没有想到的是,在念到吉祥他们班新队员的时候,她居然念到了吉祥的名字。小祥呆住了!大队长念错了吧?他已经不相信自己的耳朵了。

关老师急忙走过来:"吉祥,赶快去呀!"

小祥不知道自己是怎么走到新队员的队伍当中的。他只觉得脸在发热,有无数双眼睛在看着他……

老队员给他们佩戴红领巾,少先队鼓号队开始演奏。刘光庭和杨荫普都戴上了红领巾。小祥也戴上了红领巾。

大队辅导员李老师发问:"同学们,你们知道我们右手五指并拢高高举过头顶是什么意思吗?那就代表着,人民的利益高于一切!"

新队员齐声回答:"人民的利益高于一切!"

当小祥把右手举过头顶的时候,他的左手抚摸着红领巾,他不由得想起了曲大爷。他会永远记得曲大爷的样子,他那三绺胡须总在迎风飘扬……

第十九章

小南屋的赵大爷

小祥家院里的房子分为四个部分，前院的北房、后院的北房、后院的西房，还有靠近门口孤零一个的南屋。前院房子都是地板铺地，因此高出地面半米的样子，脚使劲踩上去会发出"咚咚"的声响。与前院的房子不同，后院都是花砖铺地，用墩布一擦，永远那样整洁漂亮。唯独南屋却是灰砖铺地——标准最低。当时修建这个院子的时候，南屋的功能是整个院子的传达室。传达室里有一个电话，这在当时的条件下，是非常稀有的。不知道为什么，家里人都称南屋为小南屋。

小祥家以前似乎富裕过，但是也不是太富裕。爸爸以前有过一个钱庄，哥哥享的福，小祥没赶上。爸爸经常带着哥哥到那里吃饭，被称为到"柜上"去吃饭，每次起码有两桌人。爸爸的钱庄很小，就是那种"小本生意"。可就是这个小本生意，还被人坑过。有个管税的官儿在爸爸的钱庄存放了两条金子，爸爸解放前就还给了他，但是忘了要回欠条。解放后，那个"官儿"被抓了，他的老婆拿着欠条来找爸爸还金子。爸爸呆住了，他对别人讲义气，要面子，万万想不到有人会睁着眼睛说瞎话，于是咬牙说就是砸锅卖铁也要还她的钱。说得容易，钱庄没有了，哪儿来的钱去还两条金子呀！小祥很少见到爸爸的笑容可能就是这个原因。后来，那个"官儿"被放了出来，说老婆的事情他实在是不知道，但是为时已晚。他连个混饭吃的工作都没有，老婆也跟人跑了。

母亲说爸爸不是个生意人，爸爸自己也说但凡有一线之路他也不会做生意。

小祥家虽然住在北房里，但是家人每天为生计奔忙。传达室的功能没有了，电话也拆了。最开始的时候，小南屋就是小祥家的客房。父亲的朋友、老家的亲戚来了北京就住在那里。

小祥上二年级的时候，赵大爷住进了小南屋。赵大爷很寂寞，一有空就让小祥到小南屋里说话聊天。

家里种了蔬菜以后，小祥的任务就繁重了。以前小祥只给两株葡萄浇水，现在他几乎每天都要给蔬菜浇水。每天放学以后他的第一个任务就是浇水。水龙头在前院芍药池旁，浇水时用一个铁桶把水从前院提到后院。

有一天小祥正在浇水，住在南屋的赵大爷叫他。

小祥来到南屋，赵大爷指着椅子对小祥说："来，你坐下！"

小祥乖乖地坐下,他意识到赵大爷今天要跟他说重要的事儿。赵大爷是爸爸的朋友,他比爸爸年龄大。在小祥的心目中,赵大爷已经是个老人了,其实那时候他也就五十多岁。不知道他有没有家,为什么住在这里。小祥只知道赵大爷经常一个人在炉子上做吃的,小祥觉得那些东西都有点儿不干净。

　　"来,你帮我写封信!"

　　"我不会写信。"小祥实话实说。

　　"没关系,我说你写。"

　　"用什么笔呀?"

　　"就用你的笔,你有什么笔?"

　　"我只有铅笔,原子笔(圆珠笔)我爸不让用,说用原子笔,将来字就写不好了……"

　　"没有关系,也不常用,就用原子笔!"

　　小祥跑回自己的屋,取回原子笔,赵大爷已经把信纸铺在桌上了。"你写:野鸡魏云普,想当年……"

　　小祥转过脸看着赵大爷,他不明白赵大爷的意思。以前他看爸爸写信,总写"某某先生台鉴"之类,没有听说这样开头的。再说"野鸡"是骂人的话。骂男人用"流氓"这个词,骂女人就用"野鸡"。再说这两个词大人都不许小孩子说,猛不丁地说出来,大人就会冷冷地说:"想挨打了吧!"

"写!"赵大爷用手关节敲着桌子,不知道是生小祥的气,还是生那个女人的气。他已经满脸怒气了。

野鸡魏云普,想当年我大头赵何亭在你母女二人危难之时,将你们收留,供你们吃喝,供你们穿戴,而如今,想不到你居然忘恩负义……

信不长,写完了,小祥明白个大概。信是写给赵大爷曾经帮助过的一个忘恩负义的女人。信的主要内容是骂人……

信写完了,赵大爷从一个油纸包里抖了半天,拿出一块桃酥给小祥,小祥摆摆手。第一父亲不许他要别人的东西,第二他觉得赵大爷的东西总是脏兮兮的。这会儿的赵大爷已经恢复了往日和蔼的模样。小祥觉得赵大爷很可怜,那个女人一定不是好东西。

从小南屋出来。母亲问他去赵大爷屋里干什么去了,吉祥说帮赵大爷写信,还把信的内容大致背了一遍。母亲很惊讶,后来对父亲说:"赵大爷怎么能让小孩子写这样的东西?"父亲没有说话。

第二天下午,赵大爷在假山旁边碰到小祥,悄悄问:"小祥,你把写信的事儿跟你妈说了?"

小祥点点头。

赵大爷很难过地叹了口气,回小南屋去了。

小祥看着赵大爷掀门帘的背影,觉得有点儿对不住他。

那天放学后,小祥想安慰一下赵大爷,就来到小南屋对赵大爷说:"我给您背学校的课文吧!"

赵大爷点点头。

小祥就把刚学到的课文背诵了一下:

我家有十只鸡,一只母鸡,九只小鸡。

有一回我拿米给它们吃。

母鸡跑来了,它一边吃,一边叫:"咯、咯、咯!咯、咯、咯!"叫小鸡来吃米。

小鸡跑来了,小鸡跑来了,一边吃米,一边叫:"唧、唧、唧、唧、唧、唧!"

赵大爷脸上露出了笑容。

第二十章

特别的一天

有一天，哥哥拿回家一本书，叫《丹娘》，说的是苏联女英雄丹娘和德国法西斯鬼子斗争的故事，故事最后，丹娘被德寇吊死在绞刑架上。几天以后，姐姐又拿回家一本书，叫《卓娅和舒拉的故事》。哥哥说："先给我看看。"姐姐说："我看完了你看。"

哥哥说："你那本书里的卓娅，听说就是丹娘……"

"那你就别看了吧？"

哥哥说："你知道《钢铁是怎样炼成的》吗？"

"当然知道。"

"作者是谁知道吗？"

"保尔·柯察金。"

哥哥笑了："哈，错了吧，保尔是小说的主要人物。作者是奥斯特洛夫斯基……"

姐姐不说话了。

小祥知道可能哥哥说得对，要不姐姐怎么不说话了呢。没有想到姐姐忽然说:"你会背书里的一段话吗?"

"什么话?"

"人最宝贵的是生命,生命对于每个人只有一次。人的一生应该这样度过:当回首往事的时候,他不会因为虚度年华而悔恨,也不会因为碌碌无为而羞愧;在临死的时候,他能够说:'我的整个生命和全部精力,都已经献给了世界上最壮丽的事业——为人类解放而斗争。'"

哥哥愣住了,小祥也愣住了,他没有想到姐姐能够背这么长的句子。他虽然不太懂,但是隐隐地觉得,这些话显得那么有力量!

那时候,小学生都会唱一首儿歌:

苏联老大哥,挣钱挣得多,买辆摩托车,开到莫斯科。美国老大嫂,挣钱挣得少,买个小手表,美得不得了……

在小学生的心目中,苏联人很富裕,美国人很贫穷;苏联人很大方,美国人很小气……

老师和家长也经常说:苏联是老大哥,中国是小弟弟。苏联的今天就是我们的明天。几乎所有的中国人都知道斯大林。虽然没有见过本人，但他的照片到处都有——他穿着元帅服，留着短短的小胡子，很威严的样子。他是苏联的伟大领袖，也是中国人民的好朋友。

1953年的3月，天气还很冷，整日阴沉沉的，小祥还穿着棉衣。

有一天上午，赵老师走进教室，他放下书本，咳嗽了一声，眼神直勾勾的。赵老师平时是个非常活泼的老师，那天就像变了一个人。

赵老师环顾了一下教室，似乎把每个同学都看了一眼，然后沉痛地说："同学们，告诉大家一个不幸的消息，斯大林去世了……"

小学生都知道斯大林，但是不知道斯大林有多重要。但是大人们的举动和凝重的神色给小祥留下了很深的印象。他知道这是一件非常严重，也是应该非常悲痛的事情。

那一天，学校的气氛变得紧张和凝重起来，老师和同学的话也变得少了。同学们一天接到好几个通知。通知说：从3月7日起三天内，全国下半旗，哀悼三天。3月9日全国开追悼会。

第二天同学们上学的时候胳膊上都戴上了黑箍(那时候还不叫黑纱)。因为黑箍都是各家各户自己做的,因此有宽有窄,有的同学胳膊上就像系了个黑布条。

3月9日那天下午,全国开追悼会,天安门广场上举行了隆重的追悼仪式⋯⋯

小祥和全体同学、老师集合在小学的操场上,每个人除了胳膊上要戴上黑箍,胸前还要戴上小白花。

大家眼看着升旗手把国旗升到一半停下来。就在这时候,似乎是从很遥远的地方传来警报的声音,由远及近,由低变高,全市工厂的汽笛一齐响起来,彼此呼应。小祥觉得有许多种声音在响——工厂的汽笛、火车的汽笛、城市的警报器⋯⋯让人觉得全世界都在悲痛地举行悼念活动。喇叭里传出电台播放的哀乐,大家一起低下了头⋯⋯

学校悼念大会开始前,小祥的班上出了一件事儿。同学们在教室里戴白花的时候,有的女同学还在小辫儿上扎上黑头绳。杨荫普是个一边倒的长头发。他用白纸搓了"细绳",把头发扎成了一个小辫子,一副小丑的模样。集合站队的时候,教导处的老师看见了。杨荫普被拽出队伍,摘下头绳,一直站在全班队伍的后面。那一次,小祥看见杨荫普哭了。

回到家,哥哥和姐姐也刚从学校回来。父亲母亲都没有工作单位,也没有上班,没有能够参加追悼会。现在他们听着哥哥姐姐和小祥说着学校的事情,格外地认真。

第二天早晨,小祥又背着书包去上学,遇到老先生正在院子里拍照。那时候,普通人家没有照相机。许多人的照片都是到照相馆去拍的。可老先生有照相机。那天他正对着刚刚发芽的海棠在拍照。

小祥穿过假山门洞的时候,老先生看见了他,向他招招手。小祥走到海棠树跟前。老先生问他:"为什么今天胳膊上戴着黑箍?"小祥说:"纪念斯大林都要戴黑箍悼念。"

老先生让小祥坐在北房前面的高台阶上。

他指指小祥胳膊上的黑箍,意思是摘下来。小祥摇摇头,说:"这几天都要戴,进校门还要检查,这是老师说的,回家怎么能摘呢!"老先生似乎很理解地点点头,按下了相机的快门。

两天以后,小祥得到了一张照片。照片上的男孩穿得有点儿臃肿,比现实中的小祥胖一点儿,脸上有点儿微笑,胳膊上还戴着黑箍。就是这张照片,跟随了小祥好多年,成了那个年月的纪念……

第二十一章

乌鸦喝水

北京的孩子管乌鸦叫老鸹。冬天里没有了树叶的枝杈伸向天空,如果再有几只老鸹"呱呱"地叫着飞过,便显得分外凄凉。

人们还把老鸹当成不祥的征兆,如果出门的时候听到老鸹叫了几声,心情好半天都缓不过来。

有一天关老师在下课的时候对同学们说,每个同学下课以后去捡上两粒小石子,不要太大,手指头肚大小就好。星期一我们上语文课要用。

小祥和同学们一样,课余的时候捡了两粒小石子。到了星期一的时候,大家都不知道捡的石子干什么用。

关老师走进教室,把一个大玻璃瓶子放到讲台上。那瓶子里盛着淡淡的粉红色的水,大约到瓶子的一半。

同学们好奇地问:"关老师,这是做什么用的呀?"

关老师笑笑,没有说话。接着她转身从讲义夹里拿出一个黑色的折纸,她把折纸展开给大家看:哇! 原来是一只老鸹!

关老师不慌不忙地把老鸹拿到玻璃瓶子跟前往瓶口上一插，老鸹就稳稳地站在玻璃瓶子的上边了。小祥看见老鸹的嘴伸进瓶口一点儿，离瓶子里的水还差着一大截。

关老师指着老鸹问大家："同学们，这只乌鸦能喝到瓶子里的水吗？"

"不能——"大家一齐回答。

"我们愿不愿意帮助它喝到水呀？"

"愿意——"

"那么，大家就把捡来的小石子拿出来吧！"

直到这个时候，同学们才想起了小石子的事情。大家纷纷掏兜，打开铅笔盒，拿出小石子……

关老师让同学们从靠教室门第一组开始，排着队走到讲台的瓶子跟前，把自己捡来的石子投到瓶子里。关老师说："现在我们每个人就是一只小乌鸦，我们把衔来的石子放到瓶子里面去……"

教室里沸腾了，许多同学一面排队一面学着老鸹叫。

粉红色的水面溅起了一个个小小的浪花。花花绿绿的小石子显得分外好看。

每个同学都小心翼翼地把自己的小石子投到瓶子里。关老师问："大家看到了什么？"

"水面升高了——"

当小祥去投石子的时候，他发现水面已经湿了乌鸦的嘴。

"老师，老鸹的嘴湿了。"

关老师伸出手暂时挡住了小祥后面的同学："同学们，大家看到了什么？"

"乌鸦喝到水了——"同学们一齐喊起来。

"乌鸦为什么能喝到水？"

"是因为乌鸦会想办法……"

关老师让同学们在座位上坐好，打开书，大家才知道那一篇课文的题目就叫作《乌鸦喝水》。

晚上，小祥做了一个梦，梦见玻璃瓶上的纸乌鸦把水都喝完了，然后在教室里飞了起来……

第二十二章

钢丝锯的故事

教自然课的刘老师调走了,代替她的是年轻的张老师。她刚刚从师范学校毕业,教课特别认真,课余还教同学们做小板凳、养小兔子。大家特别喜欢上她的课,也不怕她。

有一天上课,张老师在黑板上画了一张弓。

小祥对旁边的杨荫普说:"一点儿都不像!"

杨荫普说:"像个月亮……"

张老师可能听见了。她说:"谁再说话就出去。"

小祥以为张老师随便说说,还没有住嘴:"像一牙儿烙饼!"

烙饼的饼还没说完,张老师就指着小祥说:"站到教室外面去!"小祥从来没有受到过这样的"处理",心里有点儿害怕了。

杨荫普忽然说:"知错能改不算错!"

张老师愣了一下说:"他怎么知道错了?"

"您问他错没错呀!您还没问呢。"杨荫普说。

张老师生气了,指着杨荫普:"你也出去。"

杨荫普似乎一点儿也不害怕,很轻松地走了出去。

站在教室门口，小祥非常紧张，怎么从一个好学生变成一个被老师轰出去的学生了呢。

杨荫普问小祥："下课打乒乓球吗？"

小祥愣了一下，他很奇怪，杨荫普怎么这样呀！被老师轰出来一点儿也不害怕，还惦记着打乒乓球。

"我是咱们学校的姜永宁。"杨荫普继续说。那个时候，乒乓球运动在小学已经很时兴了。学校特意给同学们用木头做了两张乒乓球案子，就放在领操台旁小树丛的后面。下课铃一响同学们就会冲出教室在案子前面站队。

姜永宁是男同学们最崇拜的全国男子单打冠军，孙梅英是女同学最崇拜的女子单打冠军，大家还都知道，姜永宁和孙梅英是夫妻俩。

小祥本来想说，班上乒乓球水平最高的其实不是杨荫普，而是黄强，但他说不出口。就在这时候，张老师把他们叫了进去。

"知道错了吗？"

杨荫普超大声地说："知道——"

小祥小声地说："知道……"

谁都明白，杨荫普还不服气。

小祥看看黑板，才发现张老师画的不是弓，而是锯子，正经的名字叫钢丝弓锯。

张老师当场给每个同学发了一根大约六十厘米长、五厘米宽的厚竹片，然后告诉大家回家要用小刀和砂纸把粗糙的竹片加工成光滑的、用手摸起来很"舒服"的竹片。

小祥领了竹片回家，哥哥告诉他，用碎玻璃刮竹子，效果比小刀好得多，小祥试了试，发现碎玻璃果然锋利。大约用了半天时间，用玻璃刮完，又用砂纸打磨……

隔了三天，又上自然课，大家带回来的竹片不再是那种粗粗拉拉的模样，都变得滑滑溜溜、很顺眼的样子。

张老师让同学们在竹片上用小刀刻上了自己的名字。然后当着大家的面，把所有的竹片放到一个水泥池子中。第二个星期，她把竹片从水中捞起来，用手一弯。竹片居然被弯成了一张弓的模样。她举着这张弓说："这就是钢丝弓锯的弓。"

同学们惊讶地瞪大了眼睛——水这么厉害呀！

张老师又拿出一根钢丝，那钢丝的两端已经襻成了小扣。张老师说，钢丝只有在温度很高的情况下才能弯成这样的小扣。这是张老师特意去工厂加工的。

接着她用手摇钻给竹片两端打了眼儿。每个眼里插进了一个钉子,再把钉子前边弯成了钩。这个"钉子钩"就固定在竹片的两端。

张老师拿过一个凿子说:"这种凿子比钢丝的硬度大……"说着,她拿过一根钢丝用凿子在钢丝上"剁"出了一些小口。一边做她一边说:"这就是锯条,这个你们做不了,又要剁出小口,又不能切断……"最后,她把"锯条"的两端挂在钉子钩上。因为竹片是有弹性的,一松手,那钢丝被拽得笔直笔直的!

张老师把带"弦"的"弓"高高举起:"这就是一把钢丝弓锯。"

同学们鼓起掌来。

小祥这才彻底明白了,张老师那天在黑板上画的就是这把锯子。

小祥看着张老师,心里佩服得不得了。这次学到的东西太多了。锯木头的时候想拐弯,有个钢丝锯就可以!想在木板中间锯个圆洞,只要先把钢丝卸下来从钻孔中掏过去就行!

张老师在一块三合板上,用铅笔画了一个锅盖大小的圆。接着就用这把刚刚做成的锯子在三合板上锯出了一个标准的圆!

同学们热烈鼓掌!

她重新把竹片发给大家,然后手把手地给每个同学把钢丝安在弓上。又给每个人发了一块三合板,她告诉大家,今天的家庭作业就是每个人用自己做的锯,锯一个书挡,图案自己选!是鸡还是猴子看自己的爱好!小祥那个班大部分同学属鸡,小部分属猴,还有一两个属狗。

那天放学回家的路上,每个同学都举着属于自己的钢丝弓锯,个个都像弓箭手!

小祥回了家,来到枣树的下面,把三合板放在凳子上,开始锯那块三合板。他想把自己的书挡做成鸡的图案,一只公鸡,一只母鸡。

开始非常顺利,那只公鸡已经锯到嘴了,最难的地方就要过去了……万万没有想到,锯到一半的时候,钢丝突然断了,钢丝的一头从小祥的左手手心穿进去,另一头却是在手背靠边的地方钻出来,大约有一寸那么长。小祥呆住了,他吃惊地看着自己的手,没有流血,也没有觉得疼。小祥并没有觉得害怕,他用右手把钢丝小心翼翼地从左手里拽出来。

血流出来了,但是不多,手指也可以活动——可能没有碰到骨头,小祥心里踏实了。他走到屋里,这才开始叫母亲。

母亲拿来红药水,又看看他的手。小祥自己上了点儿红药水。母亲给他包上了纱布。

第二天,小祥来到学校。同学们看见他的手包扎着,纷纷打听。小祥很神气地说:"钢丝从这边进去,从那边穿出来!"

"啊!还能来上学呀!"大家惊呼。

下了课,小祥像往常一样,往乒乓球台子前面跑。举着受伤的左手,右手拿着拍子打球。这个时候,小祥俨然成了英雄。大家都说,轻伤不下火线,小祥今天就是姜永宁!

小祥没有想到他因为这只受伤的手受到了大家的重视。课间操的时候,张老师和关琦老师都来到他跟前。她们看了小祥的伤口,那伤口很奇怪,就是一个小小的黑点。小祥又说:"就是从这里穿过去的。"

"幸好没发炎!也没有伤着骨头!"张老师说。

关老师摸摸小祥的头:"这孩子平时看着挺娇气的,今天的表现让我感到很意外,居然还在打乒乓球。看来是长大了……"

听关老师这样说,小祥特高兴,那一刻他也觉得自己挺坚强的。

第二十三章

哥哥的鸽子

北京的春天,房屋和院子虽然都是破旧的,但是天空却是晴朗的。透过枣树的枝杈上那随处可见嫩绿嫩绿的还没有长成叶子的幼芽,可以望见瓦蓝瓦蓝的天上飘着"屁帘儿"风筝。北房屋前的海棠树含苞欲放,一骨朵一骨朵都拥在一起,撩拨着人的心绪。随着飘来的花香,隔壁院子里不知是谁抖起了空竹,"嗡嗡"的愉快的声响随着绿色的清风时远时近……

小祥再也坐不住了,他从床下找出母亲过年给他买的空竹,跑到院子里,把空竹放在地上,正要抖开棍子上的线,哥哥不知道从哪间屋里冲了出来。

这时,小祥听见了空中的鸽哨"呜呜呜"地飘过来,他举头一看,一群鸽子在空中盘旋,现在那鸽子在天上还只是一片黑点。

哥哥像打仗一样,把鸽子笼打开,然后大声吆喝:"呵——呵——呵——"在地上啄食的鸽子,在笼中休憩的鸽子,随着扑棱棱展翅的声音,腾空而起。小祥眼前一片缭乱。片刻工夫,鸽子已经在空中盘旋，飞行的范围和路线大约就是以整个胡同为直径的一个圆圈。

哥哥把木梯搭在院墙上。小祥呆呆地看着哥哥，哥哥的目光已经全部献给了天空，他不甘心他的鸽子就在这么大的范围飞翔。小祥明白了，哥哥的目的是要让自己的鸽子与远处的鸽子相遇。

哥哥的脚下仿佛长了眼睛，他根本不看梯子，就从梯子蹿上了院墙，然后就在墙上奔跑起来。他的手里不知道什么时候拿着那根顶上系着红布条的小竹竿一边跑一边挥舞着。小祥很担心——哥哥的眼睛看着天，脚万一踩空怎么办？

空竹声停止了，其他的院子里也响起了一片片吆喝声。

小祥看见空中的鸽子朝他家的院子飞过来，哥哥的鸽群也靠拢过去，一时间，两群鸽子有些混乱。哥哥不像刚才那样着急了，仿佛一个指挥员打完了第一场战役，稍事休整。他把小竹竿扔到院子里，开始轻轻地鼓掌。嘴里的叫声变成了召唤鸽子回家的"咕咕咕"的声音。

小祥明白了，哥哥是用自己的母鸽子去招引空中那些公鸽子。要是能够招下来，家里就会多几只鸽子。小祥又紧张又兴奋。

鸽群飞低了，小祥家的鸽子朝院内飞来。哥哥跳下墙头，为的是让那些经不住母鸽子诱惑的公鸽子能毫不恐惧地飞下来。这时候的哥哥就像个猎人，站在院子里焦急却又故作平静地望着天空。

房子和院子是各家各户的，但是蓝天只有一个。整个胡同里爱玩的人都看见了蓝天上的一幕。院门不知道什么时候开了，胡同里的许多半大小子拥了进来，想看看哥哥最后的战果……

哥哥开始养鸽子的时候，小祥不记事儿。听母亲说，哥哥上小学六年级的时候查出有心脏病，大夫说不能累着，要在家静养。于是哥哥休学一年，整日恹恹的，无所事事。老李劝他说，我给你买一对鸽子玩吧。没有想到，从此哥哥就成了鸽子迷。

老李从护国寺庙会上给哥哥买了一对鸽子。父亲回家看见了，没说什么。于是哥哥就公开地养起来，鸽笼就放在走廊上。养了半年多，哥哥的心脏病好了。父亲说，病好了，鸽子就送人吧。哥哥乖乖地把鸽子送给了别人。

等父亲去了外地，哥哥又开始养鸽子。

两个月后父亲从外地回到家，看见走廊上的鸽子笼，仍然没有说什么。

"下来了！下来了！"站脚助威的小子们小声叫起来。

小祥看见自家的鸽子开始降落，另外几只外来的鸽子在小祥家院子上空盘旋。他也学着哥哥的声音，"咕咕咕"地叫着。那些跟着起哄的孩子一面叫着一面爬上了假山，冷眼一看，假山上就像爬满了猴子。哥哥一声不吭，左手端个小盆，右手从盆里抓出大把的高粱米，撒在院子的空地上。小祥家的鸽子落在地上，收起羽毛悠闲地啄起米踱起步，外来的鸽子犹豫一会儿，终于落下来，落在离哥哥很远的地方，怀疑地四处张望。

这是"战斗"进行到最要紧的时刻了。哥哥必须使出浑身的本事一步步把它们引到自己"势力"能及的地方，然后进行捕捉。"战斗"进入到白热化的阶段。声音变小了，紧张的气氛却越来越浓。

"小祥！把榆树边上那只砍下来！"哥哥说。

听到哥哥的召唤，小祥精神一振，哥哥第一次这样信任他。

假山拐角的地方有棵大榆树，一只"铁膀儿"站在假山的顶端上。小祥捡起一块土坷垃朝鸽子扔过去，破碎的土坷垃在石头上溅起了土花儿。鸽子振振翅膀，飞了两三米，又落在另外一块石头上。这些鸽子明知道危险就在眼前，可仍然不肯离去,可见母鸽子和高粱米对它们的诱惑有多大。闯进院子的孩子们帮忙把前院的鸽子往后院轰,哥哥已经悄悄拿起了一个抄网。

有两只外来的鸽子开始进入到小祥家的鸽子中间吃食。哥哥屏住呼吸,猫着腰悄悄走过去,一把抓住鸽子的脖颈!

院子里响起了欢呼声。

谁也没有发现,父亲在这个时候回家了。当哥哥看到父亲的时候,已经晚了。父亲站到了假山门洞靠后院的一侧。不用说,院里那混乱而又热烈的场面一定被父亲看到了。

哥哥呆住了,脸色变得煞白,左手拎着抄网,右手还攥着那只鸽子。站在假山上、走廊上的那些半大小子悄没声儿地走下来,朝大门口跑去,院子里立刻变得安静下来,只有鸽子们不知利害地"咕咕咕"地继续啄食着地上的高粱米。父亲好像没有看见刚才的一切,只是路过哥哥身边的时候冷冷地看了一眼,然后走上台阶,从柱子上摘下布掸子,抽打身上鞋上的尘土。整个院子里只听见布条子与布的摩擦声……

哥哥闯祸了。小祥也闯祸了。小祥很少见过哥哥这样的表情。爸爸的威严不在高声叫骂,而是在他那冷峻的安静之中。

哥哥没有吃晚饭,不是爸爸罚的,而是他自愿的。他老老

178

实实地站在走廊上,想以这样的态度换得父亲的宽恕。父亲没有不让他吃饭,也没有招呼他来吃饭,家里人也不提这件事情,这是哥哥应得的处罚。父亲快吃完的时候,忽然招呼哥哥吃饭。哥哥有些受宠若惊地坐下来。父亲看他吃完饭,慢慢地说:"鸽子不能再养了,鸽子笼今天就要拆掉,是你自己拆,还是我帮你拆?"父亲把一个老虎钳子扔到哥哥的脚下。

哥哥傻了,他可能想到了,也可能没有想到,但是这对他来说,无疑是个最严厉的处罚。

"笼子搁着养鸡吧?"哥哥看着爸爸的眼睛。

"不用。"爸爸说。

"鸽子怎么办?"

"全都放了,爱到谁家到谁家。"

天色有些朦胧了,鸽子们发出"咕咕"的声音,它们不知道今天它们就不能在这里住了。哥哥垂着头来到走廊上,用老虎钳子开始剪笼子上的铁丝。鸽子们惊讶地乱叫着,不知道发生了什么事情。

第一根弯弯曲曲的铁丝掉了下来。哥哥开始小声地哭泣,小祥也觉得心中有些难受。但他知道,父亲的命令是不能更改的。他只听见钳子剪断铁丝的"咔咔咔"的声音。

当天晚上,哥哥开始驱赶他的鸽子,但是天色已经晚了,几乎所有的鸽子都是象征性地展开翅膀扑腾两下,又降落到地上。它们可能还在想,天这么黑,我们怎么能飞呢?这么大的院子怎么就容不下我们呢?直到深夜,院子里还有鸽子"咕咕咕"的声音,响了很久很久……

第二天早晨,小祥起了床,跑到院子里。走廊上有一小捆捆起来的粗铁丝。鸽子几乎都不见了,只是在墙头上还有两只踱步的鸽子,一只是"墨环",另一只是"铁膀儿"。它们打量着这个院子,可能还想下来看看……

哥哥没有在,他已经去上学了……

第二十四章

哥哥的老鹰

小祥胆子小，比较文静。哥哥却很爱玩。哥哥和几个伙伴出城逮蝈蝈抓蛐蛐常常忘了时间，有一次，西直门和阜成门都关了，他和几个伙伴就在城外待了一夜。第二天清晨，他爬上电线杆，翻进院子里，还没有进屋，就被父亲叫住了。那天他跪在走廊上，整整一个钟头。

哥哥不但淘气，爱好还多，尤其喜欢京剧，因此小祥的家里有京胡也有二胡，还有竹笛。京胡听起来响亮悦耳，也有气氛，但是不太好学，有点儿吵，要是拉不好会让人觉得"咝咝啦啦"的就像杀鸡的声音，一旦拉好了，几个亮音儿一出来，那北京的味道就有了。二胡就悠扬得多了，也比较容易上手；左手指头沿着琴弦上下移动，高低音自然就出现了；右手拉弓，里侧的弦是低音，外侧的弦是高音，一般的孩子一段日子鼓捣鼓捣，拉个简单的曲子不是太难。

有哥哥的指点，三年级的小祥也能用二胡拉出曲子来，笛子也能吹出调来。

有一天，小祥拉了个《白毛女》中的《北风吹》，哥哥说："你不是这块料。"

"怎么了？"小祥觉得哥哥不想教他了。

"没节奏。"

"什么叫没节奏？"

哥哥一边哼着《北风吹》，一面用手上下打拍子，让小祥也跟着打。小祥跟着来，但是他没有感觉，觉得怎么拍都成，没有那种合拍的感觉。哥哥摇摇头，回头走了。还说了一句："弓子上抹那么多松香干吗？"

那时候的琴弦都是钢丝做的，弓子都是马尾做的，马尾上抹了松香，有了摩擦力，声音才会响亮。抹多了抹少了，哥哥都不高兴。

有一次，哥哥带着他看了一场京剧，那是当时著名的演员吴素秋和姜铁麟演出的《伊伯尔罕》，戏里他们是一对恋人，戏外也是一对夫妻。

小祥听哥哥一说，对这两个演员格外崇拜。吴素秋那么美，姜铁麟那么英俊。他又觉得哥哥太棒了，什么都知道。

父亲经常感慨地说，我就不明白了，你学习不成，怎么养鸽子唱戏就这么上瘾呢！你拿出一分玩的精力放在学习上，功课也不至于这样呀！

小祥家的海棠树,因为没有人懂得管理,什么剪枝、施肥一概没有,因此结出的果实又小又涩。但就是这样的果实也让孩子们垂涎欲滴。

一个秋天的下午,胡同里的几个孩子到小祥家来玩,他们望着树上那白里透粉的小果子问小祥可不可以"尝一尝",他们想知道是酸的还是甜的。老德子的姐姐马上说,酸也不要紧,放上一些白糖用水煮,等水快煮没了,就黏了,那就是海棠蜜饯。她的一番话说得大家直咽口水。小祥爬到树上,看见小伙伴们都用渴望和感谢的目光看着,于是就更加大胆地踩着树枝寻找那些够得着的海棠果儿。

就在这个时候,院子的大门开了,哥哥放学回来了,他在小祥面前有绝对的权威。

他站在那里,威严地看着小祥一伙人,大吼一声:"都出去!"大家都呆住了,像一群提线木偶突然断了线。沉默片刻之后,小伙伴们灰溜溜地一路小跑跑出了大门。

哥哥回到屋里去了,院子里只剩下小祥一个人——他还站在树上,眼泪扑簌着流了下来。

哥哥有一只风筝,是一只老鹰形状的风筝。北京人说话,前面总爱带个"老"字,天上飞的鹰,就叫它老鹰。

哥哥那只老鹰风筝很大,一个成年人伸开双臂比老鹰的翅膀还要短一些。老鹰的框架是竹子,图案和颜色就是用中国国画那种黑灰色绘制的,眼睛和嘴都是立体的,不用说放到天上,就是在墙上挂着,那老鹰也炯炯有神、栩栩如生。

哥哥的老鹰很有传奇色彩,那时候在北京的什刹海,许多放风筝的人都在那里聚会,哥哥的老鹰是唯一在没有风的情况下可以飞起来的风筝。

有一天,哥哥在自家的院子就把风筝放了起来,那风筝飞得很高,到了那样的高度,风筝就不用人管,只是自由自在地在蓝天里翱翔。哥哥把系风筝的线拴在走廊的柱子上就回到屋里去了。过了一会儿,他拿来一张长长的白色纸条,纸条上方是个小小的用铁丝弯成的小环,他把小铁环套在风筝线上,用手轻轻一推。奇迹出现了,小祥惊讶地看到那长长的白纸条就像被一只无形的手牵引着,沿着风筝线朝空中飘去,飘呀,飘呀,最后,那白色的飘带与空中的老鹰合为一体。

小祥惊讶地看着哥哥。

"这有什么!"哥哥摆出一副满不在乎的样子。那一刻小祥对哥哥佩服得真是五体投地。

平时,那只老鹰风筝放在一个堆着杂物的小屋子里。有一天,哥哥不在家,小祥一个人走进屋子,想仔细看看那只老鹰为什么那样神奇。他摸摸老鹰的骨架,又摸摸垂下来的翅膀。小祥看见一个翅膀的下面有块像耗子屎一样的东西,他就用手去抠,万万没有想到,那翅膀的下摆就撕开了一个一厘米长短的小口。小祥吓了一跳,不敢再去抠"耗子屎",急忙走出门去……

小祥吓坏了。那天晚上哥哥问他:"你是不是动了我的风筝?"小祥点点头说:"因为上面有粒耗子屎。"哥哥狠狠地瞪了小祥一眼,走了。从那天开始小祥就准备着一场暴风雨的到来。

小祥尽量躲着哥哥,也不敢再去看那个老鹰风筝,可是心里总想知道那只老鹰到底怎么样了。

哥哥把那个小裂口用纸糊了一下,还用墨笔又把翅膀描了描。

令人沮丧的消息传来,那只老鹰没有风的时候放不起来了。就因为那一点点儿伤疤就有这么大的关系吗?小祥想。

又一次消息传来说,那只老鹰放起来了,但总是翻跟斗……小祥的心里更是忐忑不安了。

可是哥哥却始终没有对小祥发脾气,他没有再放那只老鹰风筝,也没有再提这件事情,老鹰风筝就静静地待在那间小屋子里。

第二十五章

于大娘

最近，父亲可能是欠了别人的钱，也可能家里没有什么收入了——小祥不知道，他只是觉得很少见到父亲的微笑了。

爸爸把后院的一间北房又租了出去。本来这是个套间，可以从走廊走到厨房和卫生间。现在外屋又租给了别人，只能从里屋和厨房之间打了个门。

那一年，妈妈生了个小弟弟。小弟弟还不到半岁，忽然得了肺炎。妈妈赶紧带他去了医院。

有一天黄昏，小祥正在窗前做作业。母亲回来了，父亲问："孩子呢？"小祥也抬起头来。万万没有想到，母亲说："孩子死在医院了……"话还没有说完，母亲就伏在床上痛哭起来。

小祥坐在那里，他看见自己的眼泪"噗嗒噗嗒"掉在作业本上。他没有办法安慰母亲，他只能走到母亲身边说："妈，你别哭了……"

母亲哭着说："都是因为里屋和厨房之间打了个门，西北风刮进来，小弟弟受了风寒，才得了肺炎死去的。"

小弟弟死了,有人给母亲介绍了工作,在家里给人家带小孩,一是为了排解母亲的痛苦,二是增加家里的收入。那时候许多革命干部进城。国家干部有固定的工资,但是他们工作很忙,有了小孩就要找人帮带。

小婴儿的名字叫小青,是个小女孩。父母都已经三十多了,有了这个孩子喜出望外,宝贝得很。小青的父母对母亲很客气,人也很好。这是小祥第一次遇到山西人,他们说话和山东人恰好相反。山东人说话厚重耿直,山西人说话很秀气,总像在和对方商量事儿似的。

小祥家的墙壁上挂着一幅镶着玻璃的古画,几匹马在河边饮水,有人在一旁站立,有人在一旁安睡。小祥一直不懂这画值不值钱。但是他有一次听哥哥说,一幅齐白石画的《白菜》到画店才卖了十八元钱。家里这画人家没准连要都不要。

现在在那幅《饮马图》的旁边挂了一幅新的画——那是小青的爸爸妈妈买的宣传画《和平鸽》。画上画了一个胖胖的小男孩趴在那里,仰着头举着手,他的前面是一只白色的鸽子。小祥注意到了,画家的名字叫蒋兆和。

北房被隔出去的那间房子住进了于大娘。于大娘的丈夫去世了,她带着三个女儿从东北来到北京。大女儿嫁了人,二女儿和小女儿住在这里。小女儿比小祥大三岁，偶尔他们会在一起玩耍。于大娘很豪爽也很好热闹，她有个留声机，几乎总放着同一张唱片。所以那几句歌词永远萦绕在小祥的脑海里：

哥哥，你别忘了我啊！我是你亲爱的梅娘……

小祥家的前院和后院都有桑树。父亲曾经指着桑树的树皮对小祥说："你看，桑树的树皮长着长着就裂开了。为什么呢？从前，朱元璋还没有做皇帝的时候，有一次逃难的路上，穷乡僻壤，没吃没喝，又渴又饿。忽然看见一棵桑树，他狼吞虎咽地把桑葚吃下去，真是美味极了！他对桑树说：'有一天，我当了皇帝，一定封你为树中之王……'桑树听了，心里很高兴。后来朱元璋做了皇帝，有一天，他看见了一棵臭椿树，臭椿的外表和桑树太像了，皇帝就把臭椿当成了救他一命的桑树。他想起了当年的许诺，于是指着臭椿说：'朕封你为树中之王！'皇帝的话可是金口玉言。从此，臭椿树就长得特别快、特别壮。可是桑树呢？心里非常生气，长着长着就气破了肚皮……"

小祥听得津津有味，再看到桑树时，就觉得它们有点儿可怜。

父亲会讲桑树的故事，但是他没有看到桑树的用处，守着两棵桑树，却没有养蚕。于大娘看到了机会，正经八百地开始养蚕。小祥便经常到于大娘家里看那些小生命的成长。一张纸上许多密密麻麻的小黑点——那就是蚕子呀！喷上水，用被子盖上，几天以后，小蚕就出来了，小小的黑黑的，就像标点符号。再过几天，小蚕们就变白了，也长个儿了……这时候就是需要大量喂桑叶的时候，蚕吃桑叶的时候声音非常好听——"沙沙沙沙"……小祥一直看着它们长成了大个儿的蚕，看它们身上渐渐泛出金黄，看它们吐丝结茧，把自己变成蛹，有一天茧里面的蛹变成了带翅膀的小蛾子，它就要咬破蚕茧，从里面爬出来。

那几天，几百只粉白色的小蛾子扇动着翅膀伏在一个大笸箩上面，就像在开大会欢庆胜利。于大娘把大笸箩摆在桌上。小祥和母亲站在一旁观看。有些蛾子尾巴连着尾巴。小祥很奇怪地问："它们这是在干什么？"于大娘爽朗地笑起来："它们在成亲呀！不成亲就不会下子，没有子怎么能有明年的小蚕呢？"那一刻，不知道为什么，小祥的脸忽然红了起来。于大娘又笑："这孩子脸红了……"

蚕做茧的时候，小祥让蚕把丝吐在一张圆圆的纸上。圆纸上面的丝越吐越厚,然后把这块厚厚的柔软的丝放在墨盒里,倒上一点儿墨汁。这就是他的墨盒。有大字课的时候,不用再带墨汁瓶,背着它上学就可以了。

第二十六章

降落伞

北京的四季很分明，冬天的时候要下雪。这雪还有个脾气——要么不下，要下就是很有气势的大雪。下的时候，雪花飞舞，四五米的距离就看不见人影。夜里下，早晨起来，院子里一片银白，厚厚的，可以没过脚脖子。脚踩上去，"咯吱咯吱"地响。

如果那种天赶上上学，母亲就给小祥身上披一个白包袱皮。到了学校包袱皮一抖就可以了。打雪仗堆雪人那是经常的事情。所有的树枝都被白雪装点得美丽无比。有淘气的同学故意把小祥叫到树下说有秘密的事情，然后用脚一踹树干，积雪纷纷落下，仿佛许多花瓣落下，那同学却笑着逃跑了……所以小祥读到"千树万树梨花开"的时候就觉得诗人特别伟大，写的和他见的一个模样！

有一次下雪，父亲给小祥念了一首诗："天地一笼统，井上黑窟窿，黄狗变白狗，白狗身上肿。"小祥觉得很好玩。父亲说："晚上把它写在纸上。"到了晚上，小祥写道："天下一个桶，井上一黑洞,黑狗变白狗,白狗变胖狗。"父亲拿出原文一对,错了不少地方,但那天爸爸不但没有批评他,还摸摸他的头说:"不错不错,尤其是最后一句……"

到了夏天,当然要下雨,要下也是痛快淋漓的雨。

小祥不喜欢下雨的时候上学。他没有雨鞋,上学的时候妈妈就要让他穿一双破布鞋,他没有好的雨伞,只能拿一把破伞。那会儿的雨伞只有两种,一种就是油布做成的伞,家里只有一把,大人们上街的时候用。还有一种是纸雨伞,竹子做骨架,上面糊上牛皮纸,再抹了桐油的,这种伞容易破,撑起来的时候一个圆常常少了四分之一。小祥上学就用这样的伞,那还是雨大的时候,雨小的时候又是那个包袱皮……穿着破鞋再打把破伞,小祥觉得特别没有面子,特别丢人。

除了雨伞,小祥也遇到不少穿衣服的烦恼。

有一天,母亲给他做了一件新衣服,那是一件长袖白汗衫。很白很结实!乍一看,不是绸子做的就是缎子做成的,衣服还隐隐泛着光泽。母亲告诉他:"这衣服是用降落伞做的。"

降落伞——当然就是飞行员跳伞时候用的真的降落伞!乳白色的,柔软的,摸上去滑滑的……

降落伞的质地很不好缝纫,那布料可真结实,怎么撕怎么扯都不动,用剪子铰也铰不出直线。母亲很聪明,她先用硬纸板剪成衣服的样子,再把降落伞的布用糨糊粘在硬纸板上,干了以后她按照画好的样子和尺寸剪下来,然后放到水里泡,布和硬纸板分开了。母亲再把四五片布缝起来,这才成了小祥穿的衬衫。

小祥是个老实听话的孩子,他就穿着降落伞做的衣服去上学了。

早晨进学校的时候还没有什么人注意到他的新衣服,但是小祥自己"注意"到了。这件衣服不透气,穿着不舒服,有点儿捂得慌。可能是第一次穿吧!小祥安慰自己。

课间操的时候,同学们注意到了,但没有夸奖没有羡慕,只是好奇!

"这是什么布做的呀?软软的、滑滑的。"同学们上前边摸边问。

"这是降落伞做的!"小祥不太自信地说。

"吹牛!哪儿来的降落伞?"

"就是降落伞,我们家有降落伞!"小祥说。

"降落伞有什么了不起?我们家还有飞机呢!"蒲运生突然说。蒲运生肯定是吹牛,这一起哄,闹得小祥也像在吹牛。

教历史的连先生走过来了。连先生瘦瘦的戴一副眼镜，不知道为什么老师们都称他连先生。同学们也跟着叫连先生。

连先生打量着小祥的衣服说："你母亲用什么线缝的？"

小祥说："就用普通的线缝的吧。"

同学们不说话了，一起看着连先生。

"真的是降落伞布做成的。"连先生用手捻捻小祥的衣袖说，"你再问问你母亲是怎么剪裁的。"

看看周围的同学，没有人说话，小祥心里很得意。连先生又问："你们家的降落伞从哪儿来的？"

小祥摇摇头。连先生也不再追问。

下午第二节课小祥的班恰好上历史课。连先生一上来就说："我今天给大家说说降落伞的故事。"

同学们抬起头聚精会神地看着连老师，有些同学还看看小祥的衣服。小祥更是恨不得把连老师说的每一个字都吞到肚子里去。

连老师说："抗日战争的时候，我在昆明上学。我们那里靠近昆明中央航校，那里是培养我们中国飞行员的地方。今天我看见吉祥同学穿着用降落伞做成的衣服，它让我想起两个和降落伞有关的英雄。"

同学们都不说话了。

"中国的抗日战争是惨烈的,中国空军的抗战也是惨烈的。我们要永远记住他们。"说到这里,连先生咳嗽一下。

"有一个来自广东的青年,叫叶鹏飞。那时候中国的飞机缺乏零件和维护人员,经常出故障,叶鹏飞在空中居然遇到两次故障,没有办法,只能跳伞。人活了,飞机毁了。叶鹏飞很难过,觉得没脸见人,发誓决不再跳伞! 可是命运好像故意和他作对,在一次警戒飞行回来的时候,他的飞机又出现了严重故障,机长命令他跳伞,他没有服从,和飞机一起坠向大地……

"还有个叫林耀的青年与日军空战,飞机被打坏了,林耀只好跳伞,已经弹出了机舱,没有想到降落伞没有张开。林耀就带着那个没有张开的伞包摔死在地上。当林耀那个没有张开的降落伞被铺开的时候,大家不由得趴在伞上,都哭了……"

连老师很激动,他指着小祥身上的衣服大声地说:"这个同学身上穿的用降落伞做成的衣服就可能是哪位英雄随身携带的,它可能身经百战!降落伞表面看是布,是绸缎,是尼龙,其实它更是希望,是英雄,也是光荣……"

教室里很安静,只有后面传来不知是哪个女生小声的哭泣。连先生讲完了。小祥觉得自己的脸和耳朵都是热的。他觉得自己的衬衫被灌满了风，身体似乎也可以升腾起来。早听说过家里的远房亲戚四哥就是个飞行员，还在抗日战场上立过功，自己身上的衣服一定是四哥的降落伞。没错！小祥对自己的分析很得意。

小祥听其他老师说，抗战时期，连老师就是西南联大的学生。

随后的两天，小祥一直穿着这件降落伞做的衣服，他觉得很光荣，尽管这衣服不透气，捂得慌。有人再问他降落伞是从哪里来的，他就说是四哥的，四哥是抗日的飞行员。他觉得同学们很羡慕他。一连三天过去了，直到母亲让他把衣服脱下来洗一洗。

小祥问母亲："咱们家的降落伞哪儿来的？"

"跟你说不明白！你太小了！"

"我不小了，我明白！是不是四哥留下来的，他不是飞行员吗？"小祥兴致勃勃。

父亲恰好走进来，问母亲："说什么飞行员呢？"

"小祥问降落伞哪儿来的。"

父亲愣了一下，小声说："小祥，以后不要跟外人说家里有人是飞行员。听明白了没？"

看着父亲严肃的目光，小祥点点头。他隐隐约约地感觉到，四哥这个飞行员不是能公开讲的事情，可是连先生怎么在课堂上能讲呢？

父亲说："我告诉你咱们家的降落伞是哪儿来的。"

本来小祥已经不想问降落伞了，父亲现在主动说，小祥很高兴。

"这降落伞是在晓市上买的……"父亲淡淡地说。

没有想到父亲说出这样一个结果，小祥很失望。哥哥在一旁不断地向小祥使眼色，小祥知道不能再追问下去了。

第二天，小祥和哥哥单独在一起的时候，哥哥告诉他："这是爸爸买的，但不是在晓市上买的。"

"商店里买的吗？"小祥很奇怪。

哥哥摇摇头："告诉你吧，日本鬼子投降，军队剩下的物资就归中国所有，有些东西就在市场上公开拍卖。咱爸参加了一次拍卖会，买了两间房子的东西！"

"啊！都是降落伞吗？"

"哪能呢？什么都有！有日本军服、围棋、冰鞋、炊具、毛衣毛裤，还有打字机和专门打印用的本子什么的，也有降落伞！"

"那些东西呢？"

"咱家要这些东西干吗,爸爸又找到需要这些东西的人再卖给人家。本来他是想赚些钱的,到了最后,收回来的钱比他花出去的钱还少,赔了。家里就剩下些零星的东西。"

小祥明白了,他的衣服就是剩下的降落伞布做的。

"明白了?"哥哥问。

小祥点点头。他觉得自己的降落伞没有连老师说的降落伞光荣。于是又问:"四哥没有降落伞吗?"

"有是有,可是公家的东西也不能带回家呀!"哥哥摇摇头。

小祥忽然泄了气。这是日本鬼子的降落伞,一点儿都不光荣。

哥哥似乎看穿了他的心思,拍拍他的肩膀说:"用打败日本鬼子的战利品做衣服也很光荣呀!"

最后,哥哥又嘱咐他:"我跟你说的可不许对别人说呀!"

"妈,我不想穿这件衣服了,不透气……"小祥说。

"这是怎么啦? 前两天那么喜欢,让你脱都不愿意……"

"不想穿了。一沾上水或者一出汗,肉都露出来了,样子也难看!"

母亲叹口气:"你知道妈妈给你做这件衣服多不容易吗?"

小祥说:"我知道你辛苦,可是这衣服穿着不舒服,既不吸汗,也不透气!"

201

母亲叹了口气，没再说什么。

有一次，学校过大队日，要求每个人都穿白汗衫蓝裤子，小祥没有别的白汗衫，母亲又让他穿那件降落伞做成的汗衫。

小祥忽然想起了自己攒着的两块钱，那是春节的时候，亲戚给的压岁钱。母亲没有收回去，说让小祥自己攒着准备买把新雨伞。小祥说："我用攒的钱买白布你再给我做一件衬衫吧。"

母亲生气了："那不是买伞的钱吗？"

"先做汗衫吧！"

"你可真是越大越长行市了，还给妈下命令！"母亲气急了，给他屁股来了一巴掌，"越大越不懂事了。"

小祥很少挨打，即便是挨骂也是很少很少的。

小祥走到院子里，没有出大门，躲在假山拐角的大榆树下面。

住在前院的老先生恰巧出门，看见小祥，慢慢走了过来，问小祥怎么回事。小祥说了事情的经过。

事情发生了戏剧性的变化，但小祥不知道。

第二天晚上，妈妈买了一块漂白的白布，开始给小祥做新衬衫。小祥知道，母亲这样做是很不容易的。他心里很惭愧，把两块钱放到母亲手边。母亲把钱收起来,小祥心里踏实了一点儿。

一个星期以后,小祥被叫到老先生的家,老先生递给他一把雨伞。

那雨伞的骨架是钢种(铝)的,掂在手里很轻。伞撑开来,伞面是乳白色的、绷得很紧的布面,微微泛着光泽。小祥看着眼熟,可一时又想不起在哪儿见过……

老先生说:"这就是用你的降落伞衬衣做的。"

"降落伞——"小祥又惊又喜。他看到雨伞上面一道道很规则的机器轧出的针脚,是它们把衬衫变成了圆圆的伞面。降落伞做成的衣服被老先生改成了一把雨伞!

"全世界也没有这样的伞。"老先生自豪地说。

小祥惊讶得说不出话来。

"送给你吧!"

从此以后,在下雨的时候,小祥就有了一把属于自己的伞!很高级,半透明的,但是不透气也不吸水。

有一天,小祥忽然想到,是什么时候老先生和母亲要的降落伞衣服呢?多半是老大小姐来跟母亲说的……

第二十七章

红星图钉社

小南屋后来不再住客人,成了一间多用房。靠东面大门口的窗前放了一张琥珀黄色的两头沉办公桌,爸爸经常在那里写字。房屋的另一头堆放着说不出名字的机器零件:钻床、油漆桶……

　　父亲和几个朋友合伙开了一家玩具厂,专门做木制玩具,什么小汽车、小吊车、拖拉机……小南屋成了工厂的临时办公室。小祥的家就成了玩具厂的一部分。

　　小祥家的院子里突然出现了许多木头的玩具零件,都是没有上油漆的,比如柿饼大小的车轮子,很粗糙,用手一摸,上面的毛刺还扎手。小祥曾经帮助大人用砂纸打磨这些小车轮。先在零件上抹上腻子,干了以后,用粗砂纸磨一遍,再用细砂纸磨一遍……

　　打磨好的零件由工人喷上油漆,满院子都弥漫着浓浓的油漆的味道。有一天,来了几辆卡车把玩具零件都搬走了,南屋的杂七杂八的机器和零件也搬走了。听妈妈说,爸爸和那几个合伙人闹了矛盾,玩具厂做不下去了,只好散伙。家里又欠下了债。

院子里还堆了许多木板,父亲就用那些木板给南屋铺上了地板。没有什么地下室,木板就铺在灰砖的上面。这地板虽说横七竖八的不好看,但走在上面也有了弹性。

父亲真的不是生意人,他读过军校,当过军人,会写很好看的毛笔字——可谁也想不到,他居然又在小南屋做起了豆腐。

小南屋变成了一个豆腐房,为了卖豆腐,父亲又在临街的一面开了个窗子。

父亲放下斯文的架子,但是他不会做豆腐,便请来了两个做豆腐的师傅。小祥经常来小南屋看师傅们把黄豆发好了,然后在石磨里磨成豆浆。凹凸不平的石磨槽给小祥留下很深的印象。当豆浆烧开了,从一层大纱布中流到四块竹子围起的大屉里,它们还是自由流动的液体。点上一碗卤水之后,盖上纱布,压上木杠,再压上石头,液体顺着竹屉的边缘流淌下来。一个小时的工夫,掀开屉布,白生生的豆腐出现啦!

小南屋临街开窗户卖豆腐的时候,胡同里的人还很奇怪,这么个美丽的大院子,主人怎么会卖豆腐呢?

谁家的辛酸谁家知道!正所谓家家有本难念的经。

只可惜，那豆腐坊开了不到两个月，又关张了。父亲说这两个月，我们家只落了个吃豆腐不要钱的好处。

小南屋朝街的窗子被砖砌上了，小祥家的院子又恢复了神秘的外表。小南屋又变成了一个小工厂，父亲注册了一个小企业，名字叫"红星家庭图钉社"。

父亲开始做图钉。

小南屋有两间平房那么大，安装了几台做图钉的机器。那段时间，小祥经常听到"捣子"或者"钏子"这样的术语，长大了才知道，钏子就是让图钉最后成型的模具——把一个小钉子放到下面的模具里，上面的模具里有个金属的小圆盖，圆盖压下来与小钉子合为一体，一个图钉就做成了。捣子就是那台机器。钏子安在捣子上，用手握住上面沉重的轮子，往下一使劲儿，钏子就砸在图钉上。

这个图钉社有三个工人，一个是刚刚从抗美援朝战场上回来的表哥，一个是父亲，还有一个就是姐姐。姐姐命苦，初中毕业就没有再上学，成了支撑家里生活的支柱。

姐姐是做图钉的主力。哥哥去哪里了？他到包头的一家军工厂当了工人，那家工厂是保密的，家里给他写信都是写××号信箱。再后来当家里人知道哥哥在的那家工厂是制造坦克的,更觉得非常的神秘和自豪。

小小的图钉看起来简单,只有一个帽一个钉,不过要做成可不容易,那里面有许多眼泪和汗水,那里面还有姐姐的血。十五岁的姐姐不但是主力,她还是整个图钉社的业务员!全家忙活一个月,大约做好一百小盒图钉,装在一个小木箱里,然后送到收购的地方。收购的地方很严格,打开一盒图钉,有锈迹的不要,钉子帽上有麻坑的不要……

为什么让姐姐去销售呢?原因很明显,她是个女孩子,人家会同情她,体谅她。换个大老爷们儿去,情况就严峻得多了。如果人家不收购,一个月的劳动就会变成全家的泪水。

每次姐姐带着一箱图钉坐上三轮车离开院门的时候,父亲的表情都是复杂和紧张的,他知道,成功率只有一半。姐姐带着全家人的希望,也带着父亲焦虑的心,就像战士踏上征程。

每次姐姐去卖图钉的三轮车都是老李拉的。每到那一天,他都穿得整整齐齐,借来一辆三轮车。老李说:"能省一点儿是一点儿……"

小祥家的图钉是半机械化制作的产品。左手把小铁片放到钉子上,马上离开,右手转动轮子,模具就下来了,这时候如果左手还没有离开,就会发生危险。

一两次这样的操作可能不会有问题,可是每天上千次的操作,只要一走神,只要一瞌睡,事故就会发生。有一天姐姐的手不幸被砸了。父亲带她到医院,手保住了,但是小半个手指没了,指甲盖也没了。小祥每次看到姐姐的这个手指,心里就很难过。他觉得,他们全家人都对不住姐姐……

姐姐的手还没有好,还用纱布包裹着,就去卖做好的图钉。那一天小祥心里很踏实。他觉得收购的人不会刁难姐姐,一定会全部收下。姐姐的手都砸成这样了,还不收购吗?

再后来,全国手工业合作化的运动到来,小祥家的图钉社被合并成一家仪器厂,机器合并了,人也合并了。新工厂搬到北京远郊了。那时候,表哥去了工厂,父亲也去了工厂,一个星期才能回来一次。小南屋又从车间变成了住人的地方。

第二十八章

谎花儿

姐姐没有去郊区的工厂,姐姐结了婚。姐姐结婚的时候,小祥还在上小学五年级。

姐姐要结婚的前几天,父亲带着小祥去西四牌楼的山东风味饭馆同和居订餐。点菜的时候,父亲特意让小祥也挑一个,小祥挑了一个焦熘丸子。人家经理说:"这样的宴席,焦熘丸子是上不了台面的。"爸爸却笑着说:"没有关系,小祥喜欢焦熘丸子,我们就要个焦熘丸子。"

姐姐举行婚礼的时候,老大小姐代表老家来参加。那天晚上老大小姐可能酒喝多了,老李用三轮把她送回家。走进院子的时候,她没走几步就半卧在台阶前的甬道上。甬道左侧是两个长满睡莲的大鱼缸,右侧是那丛美丽的月季,现在花谢了,满树都是浓郁的叶子。

小祥的父母急忙走到她身旁:"怎么样?"

"没事儿,这对我还算是事儿吗?"老大小姐微笑着摆摆手。

"让小祥陪我待一会儿。"老大小姐又说。

小祥蹲下来,这样受重视,他心里很高兴。

"你姐姐结婚我不生气,我很高兴。"老大小姐突然说。

"没有人说你生气了呀!"母亲在一边拍着老大小姐的手。

接着,大家又劝她去屋里休息。十月了,深秋时节,天已经凉了。皓月当空,天空十分晴朗。

"我不回去,我要在这里看月亮。"

大家拗不过她,老二小姐从屋里拿来了一件大衣搭在老大小姐的身上。老大小姐把大衣推到地上。

父亲走过来,蹲在地上说:"一会儿就好了,别着急……"

"小祥,给老大姨唱一段《小女婿》。"父亲又说。

"我不要听《小女婿》!"老大小姐这样说着,却一把捉住了小祥的手。父亲顺势说:"小祥,你在这儿陪着老大姨吧。我先去张罗点儿别的事情。"

老二小姐对小祥说:"小祥,你看着她,我去给她倒点儿醋,醒醒酒。"大家都走了,小祥一个人坐在台阶上陪着老大小姐。

"小祥,你知道吗?全世界只有这一个月亮。"老大小姐幽幽地说。小祥点点头。老大小姐说的是实话,但是小祥仍然感到新奇。

老大小姐忽然哭起来。小祥不知道该怎么办才好。

"有首诗你知道吗？海上生明月，天涯共此时……"老大小姐左一句右一句地让小祥应接不暇。

小祥摇摇头。

"那个'生'字一定不要搞错了，他就搞错了，他以为是'升'起的'升'……"

"小祥，你姐姐结婚我不生气，我也不妒忌，因为我也有男朋友。他比我岁数小，是个上尉，特别英俊！他要去青岛，我说你别去，他偏要去，还说一两天就回来。结果他就走了，去了台湾，再也没有回来，说什么一两天，两三年都过去了……"老大小姐又哭了。

小祥愣住了，老大小姐居然说她有男朋友，没错！还是个上尉，去了台湾。隐隐约约中，说起台湾总有种让人担心的感觉，如果家里有人在台湾，那一定是件不太好的事情。

小祥看看周围，一个人都没有，只有天上的月亮明晃晃的，好像都能看见那只会捣药的兔子。他就学着大人的口气说："没事儿，一会儿就好……"

"原来我以为开花就会结果，后来我才知道有的花开花，但不结果实，那种花就是谎花儿啊……"

第二天早晨，小祥醒来还有点儿迷糊，他不记得昨晚是什么时候被带回家里的，可能他也在老大小姐的身边睡着了。

中午时分，他又看见了老大小姐。她依然是那副精明干练的样子，没有人相信昨天晚上她会醉成那样。

"小祥，昨天是你陪着我的？在院子里。"老大小姐问。

小祥点点头。

"我都说什么了？"

"没说什么呀！"小祥本能地回答。

"我说了什么醉话吗？"

小祥摇摇头。

老大小姐又问："什么话都没说吗？"

小祥想了想说："你说了一句诗……"

老大小姐愣了一下，注视着小祥的眼睛很认真地问："什么诗？"

"海上生明月，天涯共此时。"

"还有什么？"

小祥摇摇头，他的直觉告诉他，不要告诉老大小姐她说过关于男朋友的醉话，老大小姐会伤心会不高兴的。小祥心疼老大小姐，老大小姐一定不愿意让别人知道她的秘密。他应该安慰她。于是他说："真的没有了。"

那一刻，小祥觉得他做了一件很善良的事情。他有种长大的感觉，因为他知道了一个秘密，还没有对别人说。

第二十九章

小人儿书店

在班上，和小祥关系最好的就是刘光庭了。许多同学家里都没有收音机，小祥家也没有，可刘光庭家里却有台收音机。虽然只有三个"灯"（三个电子管），但已经非常稀罕了。刘光庭住在小乘巷，所以小祥放了学就经常到刘光庭家里听"话匣子"。那时候的收音机都需要天线和地线。天线一头接在收音机上，另一头就用木头杆子或者竹竿子挑着铁丝安放在房顶上，上边的天线都搞成个蜘蛛网的样子，有的人家的天线就像个捞面条和饺子用的笊篱。再说地线，就用根铁丝一头接到收音机上，另一头用个火筷子插到地下。那时候许多人家的地面都是砖或者土，铁质的火筷子插进去是很容易的。刘光庭家的地线就是用火筷子插到土里当地线。当时听得最多的是中央人民广播电台的"小喇叭"节目，还有连阔如说的评书节目。

那话匣子有时候经常"刺刺啦啦"地响。每到这个时候，刘光庭的爸爸就拎着水壶往火筷子插的地方浇水，一浇水，收音机的声音就清晰多了。当时也不知道是什么原理，后来才知道,浇了水,导电性能好了,地线的作用就强了。

除了听收音机,大家最喜欢的事情就是看小人儿书了。

大乘巷东口朝北一转弯,有一家小人儿书店,门外是开阔的赵登禹路大街,斜对面就是四根柏小学。每天到书店来看书的小孩子很多。小祥也是这里的常客。

书店是一间十几平方米大小的临街的平房。老板是个中年男人,姓谭。

老板很奇怪,新的小人儿书来了,他就把好好的封面撕掉,用牛皮纸重新给书包上皮,用线订牢。然后谭老板就开始施展他的本事了——他的毛笔字写得很好,小祥有时想,老板换书皮,可能就是这个原因吧!

其实是老板把撕下的彩色书皮统一粘在一张大大的纸上,挂在墙上,小孩子一进来仰头就看见花花绿绿的新书书皮,说要哪本,老板很快就会从背后的书架上找出这本书。

一般的小人儿书,花一分钱可以租一本,比较厚的就要两分钱租一本。交了钱拿了书就可以坐在小凳子上看。

进了书店的门,左右两侧各有两排小长凳。人多天气好的时候,老板还会在书店的门口加些小凳子。

小祥在那里看了许多书,那些书多半都是武侠小说和民间故事,比如《彭公案》《施公案》《七侠五义》什么的,也有名著改编的小人儿书,《三国》《水浒》《西游记》……小祥有个爱好,他读了书喜欢跟别人显摆,当他把看到的故事讲给别人听的时候,得到别人称赞,他感到很满足。要不怎么还能有吉大聊这个绰号呢!

书中的少年英雄更是他的所爱:《三国演义》里的赵云赵子龙,《隋唐演义》中的少年罗成罗公然,《七侠五义》中的展昭展熊飞——就是要这样连名带字地念起来才带劲儿呢!

一本书要一分钱,乍听起来不贵,可是要两本、三本地看对于一般的小孩子还是个问题。那时候小孩子到副食店里常常是买二分钱的醋、三分钱的酱油。小祥的家里一个月大约能给他三角钱的零花钱。因此小人儿书,也不是想看就能看的。看小人儿书是享受,也上瘾,长大了才知道看小人儿书还有许许多多的益处。

为了少花钱多看书,同学们想了许多办法,但是这些办法因人而异。两个同学各租一本,看完以后飞快地换过来。如果老板看见就要受到指责。还有一个办法就是一个人在中间看,两个人坐在他的左右,三个人看一本书,但这也是老板不容许的。

以上两个办法很适用于胆子比较大、脸皮比较厚的同学。

不知道是谁还想出了一个办法：一个人租一本书，坐在门外的小凳子上，身边可以有其他两个同学，甚至三四个同学，老板没看见就坐着，老板出来了就站起来。关键是坐着拿书的同学要负责念，其他的同学听，偶尔在书上扫一眼，小孩子眼睛好，一米的距离没问题。

谁花了钱租书，谁就坐在那里负责念。其他的同学就灵活地在周围欣赏。当然，谁都想担任那个坐着又看又念的角色。

那时候，每个班上都分成几个学习小组，家离得比较近的，大约三四个人组成一组，有学习比较好的，也有学习有些吃力的。小祥的学习小组有四个人，除了小祥还有宋小惠、刘光庭、蒲运生。他们四个人功课做完了就经常去小人儿书店的门口看书。

有一天，小祥花了两分钱租了两本小人儿书，来到书店门口。蒲运生说，宋小惠朗诵好，让宋小惠念吧！小祥愣了一下，没想到宋小惠当仁不让地就拿起一本书坐在小凳子上开始念。

宋小惠长得很好看，她的朗诵是班上的一个固定节目，学校有时候选一些同学参加校外活动也少不了她：给外宾献花有她，到广播电台给国外小朋友介绍怎么收集邮票的也是她，虽然她根本就不收集邮票……

宋小惠绘声绘色地念着:金色的海螺……

小祥很不高兴,为什么所有好事情都是宋小惠的呀！今天明明是我花的钱,她还这样理直气壮地坐在那里念！心里虽这样想,小祥又不好意思这样说。他好面子,于是就不住地咳嗽,不停地走来走去。刘光庭还不知好歹地说:"你安静点儿好不好!"

第一本书念完了,当宋小惠伸手要第二本的时候,小祥再也忍不住了。他不说话,捧着书坐在小凳子上。他脑子里很乱,那一瞬间他都不知道第一页上面写的是什么……

蒲运生说:"念呀!"

"我不想念。"小祥赌气地说。

另外三个同学互相看了看,不知道发生了什么事情,但是大家已经看出了小祥的脸色很难看。

就在这个时候,谭老板从铺子里慢慢走出来了。几个同学有点儿紧张。

"又在这儿占小便宜呢？"谭老板不紧不慢地说。

"谁占小便宜了,我们一个人念,其他人听,听也要钱呀!你天天听话匣子,你给电台钱了吗？"宋小惠的小嘴巴巴地不饶人。

谭老板也不生气："这个小姑娘怎么把不是当理说了,我倒成了不讲理的啦! 你们看书我高兴,但是书里说的什么你们都知道吗?"

"当然知道!"刘光庭和蒲运生一起说。

"看过《水浒》吗?"

"看过——水泊梁山 108 条好汉,谁不知道!"

谭老板整了一下他的围巾说:"好,今天我和你们打个赌,谁能把 108 条好汉的名字和绰号都背下来,我免费让你们看 20 本书! 如果背不出,以后就不能这样看书了。"

大家都愣住了,背 10 个、20 个,甚至 30 个,都还可以,背 108 个可太难了……小祥却心头一亮,在家里,他给赵大爷背过,给于大娘背过,不过他们都没有让他背完就把他打发走了。他们总是在听了大约 20 个以后就不耐烦地说:"好吧,不错,玩去吧……"

今天却是谭老板主动找上门来,小祥打心眼儿里高兴啊! 这正是他大显身手的好机会。

"怎么样? 敢不敢?"谭老板又说。

小祥从小板凳上站起来:"你说话算数?"

谭老板给自己熄灭的烟斗又点上火："可以,不用108个,100个就成。"

大人永远不要高估孩子的力量,也永远不能低估孩子的力量。

"好,你们记着数儿!"小祥开始从梁山泊第一把交椅开始背,"及时雨宋江、玉麒麟卢俊义、智多星吴用、入云龙公孙胜、大刀关胜、豹子头林冲、霹雳火秦明、双鞭呼延灼、小李广花荣……"

开始大家没有在意,谭老板也没有在意。当小祥背到解珍、解宝的时候,谭老板才发现眼前这个孩子不是虚妄乱说。他的流畅、他的不假思索让老板暗暗吃惊。几个同学也忽然才知道平时不起眼的小祥居然有这样的本事,三个人大声地计数,声音大得把铺子里的人都吸引了出来。

小祥越背越来劲儿,当他背到"母大虫顾大嫂"的时候,老板举起手说:"好,不用往下背了,行了行了……不错!"

小祥知道现在已经是101个好汉了,再背七个就完成了。但是他停下来了,也算给谭老板一点儿面子。

大家给小祥鼓掌。谭老板说:"好!我给你50张书票!每张书票可以免费看一本书。"刚才谭老板说,小祥他们赢了可以免费看 20 本书,现在他给了小祥 50 张免费书票。看来他也是个很爽快的人。

小祥接过老板递过来的书票,上面用绿色的印泥写了小铺的名字和"免费"两个字。

小祥把 50 张票分给了宋小惠他们三个人每个人 10 张,自己留了 20 张。给他们书票的时候,小祥忽然觉得刚才宋小惠念书的时候,自己心眼儿太小了……

第三十章

原谅我，小新子

又升了一个年级,新班主任是个姓袁的女老师。她教课认真,令人尊敬,但又十分严厉。

那一天,袁老师给大家发语文试卷。

期中考试各科成绩都出来了,唯独语文成绩还没出来。此刻,她站在讲台和课桌之间的空隙里,用那灼人的目光慢慢在每个人的脸上扫了一遍,然后沉着脸把卷子"啪"的一声扔在第一排一个同学的课桌上。沉默良久,好半天才从嘴里蹦出一个字:"发!"

全班同学的心一下子被倒提了上去。大家明白,这次考试的成绩一定很不理想。现在,那成绩全都写在了袁老师的脸上……她的眼角微微抖动着,那是有人不及格的征兆。

小祥接过卷子,闭上眼,心里默念着:"老天保佑,老天保佑。"然后猛地睁开眼睛,长长地呼了一口气。这呼气的声音从教室的四面八方传来,就像课间操大家在做呼吸运动。

小祥把脖子稍稍伸长了一点儿。他的左前方坐着小新子,学名郝玉新。她的卷子倒扣在课桌上。小祥的右前方坐着刘光庭，他的卷子也倒扣在课桌上。

老师叫了刘光庭的名字，刘光庭站了起来。

"刘光庭，你得多少分呀？"老师明知故问。

"100……"

"好！很好！坐下吧。"袁老师的声音出现了少有的舒缓和慈祥。忽然，她又变得严肃起来，声调也提高了："可是我们有的同学语文居然不及格，害得我们班没成为先进班集体。真是一粒耗子屎坏了一锅汤！"

同学们不由自主地左看看右看看，小声议论起来。只见小新子低着头，身体在微微颤抖。

小祥和刘光庭还有小新子住在同一条胡同里，刚上小学的时候，大家还像上学之前一样无拘无束地一起玩。到了五年级，渐渐疏远起来，因为小新子是女孩。

小新子家里生活很困难。她的爸爸得病死了，妈妈带着她和一个没有上学的小弟弟一起生活。她妈妈除了糊火柴盒，还给人家带一个吃奶的孩子。她是班上唯一一个免交学杂费的同学。

小新子学习成绩很不好。上课虽然从来不说话，不做小动作,但总是望着黑板怔怔地发呆。每当老师叫她回答问题,她常常是张口结舌。小祥知道,小新子回家要做饭,还要帮助妈妈糊火柴盒……

下课了,后面座位上的史毛毛站起身来径直向前面走去。他自称是梁山泊好汉九纹龙史进的后代。平时,一下课,他就拿根小棍子敲敲这个同学的头,捅捅那个同学的胳膊,一边闹,一边高喊:"九纹龙史进来也,看棍!"

现在,他走上讲台,拿起粉笔,黑板上出现了歪歪扭扭的三个字:"耗子屎"。小新子低着头缩在座位上,真像一只可怜的小老鼠。

小祥很同情小新子,但是一点儿也不敢露出不满来。因为谁要帮助女同学,他在班上的威信准得完蛋。这时,小祥看见了刘光庭愤怒的目光,刘光庭除了学习好,身体可不行,要不怎么叫小胖子刘光庭呢。放学的时候,只要跑一会儿,他就累得上气不接下气。

史毛毛真是得寸进尺。今天这件事使他发现了一个特别好玩的游戏,他觉得这件事可以使他度过一段十分快活的课间。于是他接着喊起来:"耗子屎!耗子屎!你们谁见过耗子屎什么样啊?"

小祥突然灵机一动,想出一个绝妙的好主意。他把刘光庭叫出教室,说出了自己的主意。刘光庭睁大眼睛问:"行吗?"

小祥点点头。

下了课间操,几个男生在墙角挤着玩。小祥说:"喂! 我们把名字倒过来念,一定很好玩!"

"好!"大家一致赞成。史毛毛不知是计,也跟着乱喊。

小祥先把自己的名字倒着念了一遍。"我叫吉祥,倒过来一念成了祥吉。"大家来了兴趣,又去念刘光庭的名字。"嘻嘻! 庭光刘!"大家笑了一阵。轮到史毛毛,他居然自告奋勇地念着"毛毛史"。大家哄的一下笑起来。史毛毛愣了好一会儿才明白过来。他红着脸,却装着无所谓的样子说:"这有什么好玩的!"可是大家却发现了其中的奥妙,一面叫着"毛毛屎",一面笑得更欢了。

从此以后,史毛毛再也不叫小新子"耗子屎"了。他一定是怕引起别人的联想。

那天下午放学回家,到了小乘巷胡同口,小祥和刘光庭在前边走,郝玉新跟在后面。快到刘光庭家的时候,小祥忽然听见小新子叫自己的名字。看看胡同里没有别的同学,小祥和刘光庭就一起停下来,等着她。

小新子走到小祥跟前，还没说话，眼圈先红了。她说："我知道你们俩对我好……"说着，眼泪"啪嗒啪嗒"掉到地上，小祥和刘光庭都慌了，问了半天才知道是关于"耗子屎"的事情。

"你是怎么知道的？"小祥问。

"我自己看出来的……"小新子说。

"哦！"小祥松了一口气，"可千万不要跟别人说！"

就在这时，小祥突然看见史毛毛走进胡同口。平时，他是从来不穿这条胡同回家的。

小祥的脸发起烧来，突然觉得小新子是那样令人可气，甚至有些讨厌——她为什么偏偏这个时候和我们站在一起呀？

史毛毛轻轻地咳嗽着，像一条鱼一样从小祥旁边滑过去。一股无名之火从小祥心中燃起，他狠狠地对小新子说："以后，你少找我们……"小新子满脸通红地走了。

没有想到，作文课上发生了一件让小祥非常尴尬的事情。

袁老师走上讲台慢慢地说："大家把作文本打开放在桌上，我要检查我上星期布置的作文。"同学们纷纷打开本子放在桌子上。

袁老师走下讲台，很认真地查看了两排同学。然后走上讲台，把目光落在另外四排同学身上，轻轻地然而十分威严地问：

"有没完成的吗?"

教室里顿时安静下来,那两排被检查过的同学不约而同地把目光落在小新子的身上。

"有没有?"老师又问。

没有人回答。

"郝玉新,你的作文写了吗?"老师的口气里充满怀疑。

"写了!"小新子的声音小得几乎听不见。

"好吧!把你的作文念一遍。"

郝玉新没有说话。

"不是写了吗?写了就念念!"

"写得不好!"小新子说。

"没关系,只要写了就好!"袁老师说。

"没关系,没关系!"史毛毛小声说。他是想让小新子当场出丑。这样的话,语文课又可以多一个游戏。

"我最喜欢的人!"小新子念了题目。

"我最喜欢吉祥和刘光庭同学……"

小祥几乎不敢相信自己的耳朵。她说她喜欢自己和刘光庭呀!小祥只觉得血一下子冲上脑门,心怦怦乱跳。小新子太讨厌了。这下,自己和刘光庭全完了,人家非起哄不可!

下了课,小祥最担心的时刻到来了。

史毛毛尖声尖气地叫起来:"好哇! 搞对象啦! 我最喜欢的人哟……"

这时,小祥怒气冲冲地走到小新子的座位旁,当着全班同学的面大声说:"没皮没脸,谁让你喜欢了……耗子屎!"

小新子先是吃惊地看着小祥,半张的嘴似乎要说什么,但又说不出来,紧接着她的眼睛里充满了泪水……

小祥有些后悔了,但仍然保持着愤怒的样子。

小祥万万没有想到刘光庭居然站到自己的面前说:"你干吗骂人……欺负人!"他愤怒地喊着,样子像是要哭,他的鼻子差点儿碰到小祥的脸上。

教室里顿时安静下来。小新子在轻轻地哭泣。她默默地从书包里抽出那本作文本,打开,撕下那页她刚刚读过的文章,慢慢撕碎了,有些纸片落到地上。小祥的脑子"轰"的一下,他真的后悔了,忙俯下身子,去捡地上的碎纸头,可是它们太碎了,一阵风吹来,刮得满屋都是。一个同学高喊着:"嘿! 给他一大哄哟!"

史毛毛却反常地安静,嘴里只是一个劲地嘟哝:"别喊了! 逗着玩的,逗着玩的……"

几天以后,小新子的妈妈来到学校告诉老师说,小新子跟不上功课,退学了。

　　小祥听说了小新子退学的消息,心里"咯噔"一下。他很想晚上去看看小新子。

　　那天放学以后,他和刘光庭来到小新子的家。小新子正在折纸页子。看见他们来,小新子显得很高兴,好像她根本没有退学,还好像小祥从来就没有对她发过脾气。她为两个同学沏了两杯白糖水。

　　小祥心里不住地想,原谅我,小新子……

第三十一章

拍电影

有一天，老师把小祥叫到办公室，一男一女两个陌生的中年人坐在那里。小祥记得那是初冬的一天。

小祥有点儿紧张。那个男的对小祥说："别紧张，说说你有什么爱好呀！"小祥说："没有什么爱好。"人家又问："你爸爸妈妈打过你吗？"小祥摇摇头说："我不淘气，他们不打我……"那个男人笑笑让小祥走了。

后来听说那两个人是电影厂的，到学校是来招小演员的。能当小演员多好呀！小祥很后悔自己当时的回答太没水平了，应该说喜欢吹笛子，还喜欢拉胡琴！虽说都不怎么样，但是喜欢呀！为什么不说呢？

过了几天，学校通知小祥去拍电影，小祥又惊又喜，问老师说："那还上不上学呀？"老师笑笑回答："就一个上午，回来接着上课。"

那天上午，小祥和宋小惠等几个同学早晨六点半就在学校集合，然后被一个小面包车拉到北京故宫西门，旁边就是中山公园后的护城河。大家站在高高的宫墙下面等候，不知道今天要拍什么戏。电影厂的大人们又摆弄机器又拿皮尺丈量。半个多钟头以后，导演对大家说："你们一会儿听我说开始，就沿着墙往前走，就像平时上学一样。"大家点点头。于是就这样走了三遍。

"现在正式开始。"导演说，这会儿小祥才知道刚才都是练习。有趣的是，一个师傅拿来一个比"二踢脚"还粗还大的"炮仗"。这个"炮仗"点着了不爆炸，但是开始从上面的小孔里往外冒白烟。他们的面前立刻变得雾气腾腾的。当雾气似散还没有完全散去的时候，导演说"开始"，于是他们就在这雾气中，"若无其事"地走在宫墙下面的马路上。

导演说："刚才我们放的烟就代表北京的晨雾，孩子们去上学，北京的一天开始了。"

上学路上拍完了，今天的拍摄也结束了。虽然没头没脑地也不知道拍了什么电影，但小祥觉得能去拍电影也是件很值得夸耀的事情。

那天坐在董大爷的院子里，大家听小祥讲拍电影的事情，好多孩子都在，老德子也在。

小祥说到那个能发出烟雾的"二踢脚"的时候，大家很感兴趣,都把自己坐的小板凳往小祥身边挪。

就在这个时候,老德子忽然说:"我们学校也去了。"

大家一下子都把头转向他。小祥很奇怪:"你们也去故宫了?"

"我们去的是颐和园……"老德子摇摇头很流利地说。

"你也去了吗?"董大爷的孙女老胖问。

"我们班都去了。"老德子说。

"老德子,你们都演的什么呀?"董大爷拍拍老德子的肩膀。

"我们演的是抓特务,解放军追特务,我们同学帮助解放军追……"

董大爷又拍拍老德子的肩膀说:"老德子,你不会又是在吹牛吧?"

"不是吹牛,我还看见北影院子里的人呢。"

老德子说的北影院子是在大乘巷胡同斜对面宝禅寺胡同的一个大院,那里是北京影厂的宿舍,许多北影著名的导演和演员都住在那个院子里。小祥进去过,院子很大,像花园一样。

"你看见谁了?他们和你拍电影有什么关系呀?谁能证明你呀?"小祥知道老德子又吹牛了。

老德子看看小祥,露出失望无助的眼神。

董大爷说:"好吧,老德子,明天我就上四根柏小学去问问,如果你是吹牛,你说怎么办吧?"

老德子不说话了,小伙伴们一起起哄:"你说怎么办吧?"

老德子的脸涨得通红,他忽然哭了起来:"小祥说他拍电影你们就信,我说拍电影你们就不信,怎么那么势利眼呀!是不是看我好欺负呀……"

大家都笑了。小祥心里忽然有点儿不安。

小祥很少去电影院看电影,每张票要好几毛钱。另外家长们都说,那里放的影片很吓人。有部电影叫《夜半歌声》,听说不是一般的吓人,所以小祥大部分电影都是在操场上看的。

演电影的地方就在四根柏小学,几乎每两个星期就有一部电影上映,也是要收门票的,五分钱一张。五分钱也不少了,可以买一个烧饼加一个焦圈。

有时候,小祥想和老德子一起看电影,老德子总是说家里不让去看。小祥还真的以为郭大婶不让他看。有一天,母亲给了小祥一角钱对小祥说:"买两张票,你和老德子一起去看电影吧!"

那天的电影虽然很一般,但是小祥看着老德子高兴的样子,心里也非常愉快。

天黑了才能演电影,但是大家吃了晚饭就都搬着小板凳来到学校,占地儿,聊天说话看热闹,看着放映员架机器、试光,把手做成狐狸或者狗头,让自己的手影出现在银幕上……叫着笑着,人渐渐多了起来,一直混到天黑。

有些没有钱买票的孩子就在电影快开演的时候从小学校墙外的电线杆爬到墙头上,或者爬到校外一棵大树的枝杈上。每当这个时候,放电影的人就会大声吆喝着驱赶他们。

买了票坐在操场上的人与趴在墙头和树上的人立场是不一样的。大家基本是站在放电影人这边的。那时候的人尽管没有钱但还是要脸面的,所以有人吆喝驱赶,墙头上的人也就灰溜溜地下去了。只等电影开始好一会儿才又慢慢地偷偷地出现,人数也比刚才少得多。

小祥坐在小板凳上几乎是一动不动,那时候他特别羡慕坐小马扎的人。小马扎可以折叠,也漂亮,那几根帆布带子软软的,不硌屁股,尤其是坐的时间很长的时候。老德子也带了一个木头小板凳,小祥说喜欢小马扎的时候,他也不说话,就是笑眯眯地看着。忽然他说,下次我们再来的时候,把你们家的行军床带来,咱们俩躺着看。

小祥笑了,老德子果然想象力丰富。

小祥在四根柏小学看过许多电影,包括新闻纪录片。那时候没有一次放电影不放加片的,加片就是新闻纪录片。观众只要看到一个工农兵的厂标伴随着音乐出现在银幕上,都会热烈鼓掌,很兴奋!

小祥在那里看的最多的故事片就是《白毛女》。

每到黄世仁到杨白劳家逼债的那场戏的时候,小祥就忍不住把身子欠起来看看四周的观众,尤其是自己的后面。为什么呢? 他要看看有没有人掏枪。

小祥第一次看《白毛女》的时候,就听大人们讲了一个故事,话说有一次演到此处,坐在台下的观众义愤填膺,一个战士忍不住拔出手枪来,对准黄世仁就是一枪……接下来的故事就有两个版本了。一个说的是演话剧,台上的黄世仁是真人扮演的,战士开枪的时候,他的指导员坐在一旁,以迅雷不及掩耳之势把战士的枪往上一托,子弹从台上黄世仁的头上飞过去了,好险呀! 当时这个战士立刻被关起来。再后来领导听说了这件事情,说这个战士阶级觉悟高,对阶级敌人有强烈的恨,于是不但把他放出来,还给了什么奖励……还有一个版本,大家在看电影,有个战士掏枪照着银幕上的黄世仁就是一枪,银幕被打穿了一个洞,因为不是真人,所以也就让大家虚惊一场,但是以后,只要在部队演《白毛女》,朝"黄世仁"开枪的事情就屡有发生。

听说了这个故事以后,小祥每到这个时候就很担心,想看看观众中有没有开枪的人。明明知道看电影的都是老百姓,他们可能没有枪,但是他们可以扔石头呀。可小祥的担心看来是多余的,几次上演《白毛女》,大家都很安静,简直是聚精会神!尽管大家都已经看了好几遍。

放映机非常神秘,非常神奇。放映员装胶片的时候,那长长的胶片穿越左一个齿轮右一个齿轮,服服帖帖安好之后,放映员按下一个开关,那机器便"嘎嘎嘎嘎"地响了起来。小祥觉得那声音是世界上最美妙的声音之一。

在操场上放电影的时候,断片是常有的事。片子一断,人们先是一片惋惜声,接着便是焦急的等待。而且大家很想知道原因,有时候是胶片断了,三五分钟就接好。有时候等的时间长了,大家就"热烈"地鼓起掌来。往往这个时候,是下一盘影片还没有送到。放映员就放一个纪录片加片,以安定大家的情绪。

有一次,胶片又断了,不但银幕上出现燃烧的影像,放映机也发出"可怜的呻吟声"。操场上有些混乱,许多人都站起身来。小祥当时的第一感觉就是有人朝着银幕开枪了。站起来的人和小祥的想象可能是相同的,因为断片的时候正是黄世仁逼着杨白劳不还钱就拿喜儿抵债那一场。

结果不是有人开枪,是放映机的灯泡太热,胶片燃断了。

第三十二章

不灭的火焰

有一天,老德子急急火火来到小祥家,大声喊:"吉祥,四号正在报名呢!"

"报什么名?"

"拍电影。"

小祥跟着老德子来到了大乘巷四号,四号是街道居委会经常开会的地方,今天招群众演员。这可是千载难逢的好机会,又能看热闹还能够挣钱。按规定,每家只能去一个人。

小祥要求报名。一个中年妇女说:"你们家不算很困难。"小祥说:"挺困难的。"老德子也说:"他们家真的挺困难的。"

中年妇女说:"那就去吧,每天一块五,干几天算几天。在家等通知吧。"小祥才明白,这次是按人头算,不管个头大小。老德子家里有九个孩子,他家生活很困难,当然少不了他。

"一块五呀!"老德子拍着小祥的肩膀欣喜地大声说。

小祥也觉得这是千载难逢的好机会。

小祥回了家,找了一件像样的衣服就在家里准备着,可是通知却总不来。突然有一天下午,老德子跑到小祥家说:"吃完晚饭,六点到胡同口集合。"

小祥和老德子提前来到胡同口,那里已经聚了许多人,他们发现胡同里的不少人都来了,有的人还显得很不好意思。不管岁数大的,还是岁数小的都很激动,像是要去参加什么庆典。

不一会儿,来了一辆大卡车把大家拉走,走了好长时间,大家在一块很大很大的空地上下了车。向周围一望,都是山坡,就像在一块盆地里。有大人说:"这里是八一电影制片厂。"还有大人说:"是八一电影制片厂拍电影,这里可不是电影厂,要不怎么连房子都没有呢?"

一会儿来了两个穿军装的小伙子,给每人发了一块白头巾,让像农民一样系在头上。又给每人发了一根半米多长的木棒,上面捆着裹着棉花的破布。大家依次在一个大煤油桶里蘸满煤油,然后向山坡上走去。

发火把的人看看小祥和老德子,皱皱眉头:"怎么小孩子也来了?"一个同来的叔叔说:"演农民的儿子。"

大家都笑了。

小祥和老德子也像大人一样,戴着那块白头巾,手里举着那个即将燃烧的火把。小祥心里很高兴,这样的打扮要是出现在电影里不知像不像农民。老德子说:"根本不像,农民哪有你这么白的!正经拍的时候,人家一定得让你往后站!"

站在山坡上等了好久好久,也没有什么动静。

"干吗来了?拍电影的机器呢?"大家忍不住议论纷纷。

天渐渐黑下来,中间的那块平地被许多灯照亮了。真正的演员来了,他们穿着美丽的舞蹈服装,女的是花裤花袄,男的穿着延安时期的灰布军装,还有小孩子,头上梳着那种叫"朝天锥"的小辫子……锣鼓响起来,场子里很热闹,可是没有人让小祥他们点火把。就这样"咚咚锵锵"地敲了一个多钟头,刚才的兴奋劲儿一点儿都没有了,大家都快睡着了。

忽然,对面的山坡上亮起了火把,小祥这边带着火柴的人也急匆匆将火把点着了。小祥第一个凑上去,他的火把被点燃了。火苗上蹿上一团黑烟。

等了一个晚上的兴奋的时刻终于来了!大家举着火把要去借火,突然听见有人高声训斥着:"谁让你们点了?"

大家都住了手,只有两支火把在燃烧。一支是那个带火柴的,另一支就是小祥的。小祥心里顿时慌乱起来。

那个点火把的大人惶恐地想将火熄灭,可是蘸了煤油的火把可没那么听话。那个大人像犯了什么重大的错误，又是把火往地上蹭，又是用脚踩，可那个火把还是不屈不挠地燃烧着。

小祥没有那个大人的本事和力气，他的火把燃烧得更加神气了。

负责发火把的小伙子走到小祥跟前大声训斥道："你怎么回事？"老德子忽然走上来说："是我给他点着的……"

"你有病呀！你给他点的就有理呀！赶快弄灭了……"

那一刻，小祥心里忽然多了一股力量，他不太害怕了，一块石头两个人扛，就轻了一半。

真没想到，那支想熄灭又熄灭不了的火把如此顽强，他们用尽了各种办法，就是不管用。火焰还在跳舞，但是有老德子紧握的手，小祥感到了伙伴的力量。

他们还在想办法，可没等他的火把熄灭，"点燃火把"的命令来了。火把理直气壮地燃烧起来了……

大家被卡车拉回胡同的时候，大约是夜里十二点钟。大家又聚到四号的居民委员会领钱。回到自己家的时候，已经是凌晨一点钟了。

这是小祥第一次用自己的劳动挣钱。母亲让小祥自己把钱留着，嘱咐说："别瞎花！"

几天以后，小祥请老德子到新街口电影院看了一场电影——印度影片《流浪者》。

片子里的歌果然有意思，出了影院就会唱："到处流浪——到处流浪——"

快走到胡同口的时候，老德子忽然问："家里要是问下午去哪儿了怎么说？"

两个人商量了半天，最后决定，和家里人说下午到动物园去玩了。小祥没有想到，回了家，根本就没有人问他。

第三十三章

一枚纪念章

有一天上午，小祥和同班的宋小惠被叫到大队辅导员赵老师的办公室。走进屋，他发现还有几个外班的同学，总共有十个同学。大家互相看看，都有些奇怪，不知道来干什么。

赵老师告诉大家，再过几天，要在北京政协礼堂召开一个国际性的妇女代表大会，许多尊贵的外宾将要出席。我们小学接受了一个重大而光荣的任务——给外宾献花。

小祥和同学们都瞪大了眼睛，虽然不知道有多重大，但是很光荣——你看，全校才选出十几个同学呀！

"你们是从全校几百名少先队员中挑选出来的！你们要代表全北京、全国的少年儿童去献花！我都羡慕你们啊！"赵老师的眼睛在眼镜后面闪闪发光。

赵老师从一个柜子里拿出几摞衣服在大家面前展开。同学们眼睛都亮了。那是多么高级而漂亮的衣服啊！雪白的衬衫是绸子的；长裤和裙子都是毛料子的；米色的长裤上有些暗暗的条纹；红领巾是缎子的，令人奇怪的是那红领巾不但比平时戴的红领巾要大,而且它的边都是锯齿形的。

"这次你们穿的衣服是上级领导提供给你们的,苏联的少先队员就穿这样的衣服。"

献花的那天,大家在赵老师的办公室换好衣服。

小祥穿的是一条灰色带暗条纹的西服裤,绸子白上衣,衣袖是那种舞台上王子穿的灯笼袖。啊!小祥长这么大从来没有穿过这么贵重的衣服。

大轿车把同学们拉到北京政协礼堂。这地方离小祥家不远——也在赵登禹路上。

与小祥同班的女生宋小惠被指定给大会的主席——来自法国的戈登夫人献花。其他人按照次序一对一地碰上谁就给谁献。当乐队开始演奏的时候,小祥和十几个同学从旁门跑进礼堂。这个仪式过程在前一天已经演练过好几回,小祥排在最后。不料,那天主席台上的外宾少了一个,小祥看了一下,台上的外宾都已经有了花儿,没有办法。他只好把花献给了一个已经有了花的老太太。

等他跑下台的时候,同学们都已经出了旁门。小祥急忙跟了出去,发现大家正围着宋小惠看什么东西。原来是那位法国的戈登夫人给了宋小惠一个小手指大小的"巴黎铁塔"。后来才知道那叫"埃菲尔铁塔"。那古铜色的小铁塔上面还有个小链子,可以别在身上。大家真是羡慕死了!

不知过了多长时间,旁门开了,那些金头发蓝眼睛的夫人们出来了。小祥和同学们就在赵老师的带动下热烈鼓掌。夫人们从口袋里掏出一些精美的纪念章递到大家的手里。有的夫人干脆就拿着一个小小的牛皮纸包分发,那里面有好多纪念章。

几分钟工夫,小祥的手里就攥了六枚纪念章。

坐在回学校的汽车上,同学们都不由自主地清点自己得到的礼物,互相传看。小祥得到的礼物中也有一枚特别漂亮的——那是一枚银白色的波兰版图纪念章:在波兰首都华沙的位置镶嵌着一个红色的小圆珠,是用珐琅烧制的,整个版图上面有小铜链连接着的一个小横梁,还可以别在身上。

回到学校,大家换衣服的时候,赵老师忽然很严肃地说:"今天得到的纪念品包括纪念章都要交给学校,放在学校的纪念室里。因为你们不是代表你们个人去献花的。"

屋里顿时安静下来,没有一个人说话。

小祥非常懊恼,为什么要交上去呢,留一个都不成吗?

小祥太喜欢那枚波兰版图的纪念章了。于是他动了小心思——想把那枚喜欢的藏起来,把其余的五枚交上去。这个想法一经产生，小祥就变得非常痛苦！

这样做是不是和偷东西差不多呢？万一被老师发现怎么办呢？藏在哪里呢？这些衣服都要换下来呀……

鬼使神差，小祥把那枚纪念章轻轻攥在手里，极力装作没事儿一样换衣服。小祥把换下的衣服和另外五枚纪念章放到了赵老师眼前的桌子上。

当小祥穿着自己的衣服走出学校的门口，松开手时，那枚银白色的"波兰版图"上都是汗水。

得到纪念章以后，快乐的感觉没有了。代替它的是一种痛苦的煎熬——老师会不会发现呢？这样做算是个多大的错误呢？小祥就这样心神不定地过了一天。

第二天下午，小祥终于熬不住了，独自一个人来到办公室，装作很随便的样子对赵老师说："昨天有一枚纪念章忘交了。"

赵老师正和别的老师聊天，好像交不交都无所谓的样子说："放那儿吧。"

小祥把纪念章放到桌子上，走出办公室，轻松和遗憾一起涌进心头，甚至有一点点儿后悔。他不知道做错了什么，也不知道是不是真的做对了……

第三十四章

一壶汽水

饮料中,小祥和大家一样,只知道北冰洋汽水、茉莉花茶。

而这些也不是想喝就有的,汽水要一角钱一瓶呢。那时候学校组织同学们春游或者秋游,大部分同学都是自己带水的。

尽管大家的生活都不富裕,但北师二附小的课外活动还是丰富多彩的。小祥上五年级的时候,有一个星期六,班上来了五位大哥哥。班主任老师介绍说,他们都是中学生,现在是我们的临时辅导员。明天是星期天,由辅导员带着大家去他们的学校参观。

小祥的小组有七个同学,分给他们的辅导员大哥哥来自北京的男四中。北京大部分学校是分男校女校的,有男四中也有女四中,有女一中也有男一中,有男三中也有女三中。当然,男校的学生就都是男的。小祥的临时辅导员姓冯,是男四中高一的学生。在小祥这些小学生的眼里,辅导员大哥哥们已经显得很大、很高,完全像个大人了。

辅导员和小祥他们一个个握手。大家急忙问:"辅导员,我们明天干吗玩呀？"冯辅导员微笑着对他们说："明天，我教你们做汽水！"

第二天早晨八点，小祥、刘光庭、陈燕平他们七个人在学校门口集合，冯辅导员领着他们来到了平安里附近的男四中，大约步行了一个小时。小祥一直听人家说，男四中是北京最棒的中学，今天第一次看到，他的第一个感觉就是这里很安静。

辅导员领着大家走进了男四中的化学实验室。

那是小祥第一次走进实验室，第一次看到实验室那些瓶瓶罐罐，什么烧瓶呀，试管呀，广口瓶呀，觉得很新鲜。大家都知道汽水很好喝，听说还可以自己做，都很高兴。

在一个实验桌前，辅导员首先取出两个拳头大小的玻璃瓶子，里面都装着"药"。

他告诉大家，一个瓶子里的药品叫碳酸氢钠，白白的粉末——就是家里用的小苏打，蒸馒头发面都用的小苏打。

另一个瓶子里的药品叫柠檬酸。它有很香的果酸味道。

桌上还放着白糖和几个空的汽水瓶子，另外还有个很小很小的瓶子，辅导员指着这个小瓶子说："里面是香精。一滴就可以让满屋都香喷喷的！"

他先给同学们做示范，同学们聚精会神地看着他。

辅导员放几勺白糖在一盆冷开水里备用,把一点儿小苏打溶解在一个空汽水瓶子里,滴上一滴香精。他又把柠檬酸用冷水溶解后,倒进来一些,小祥注意到,那些东西加在一起也就是个瓶子底儿。最后辅导员把备用的冷白糖水灌在瓶子里,瓶子快灌满了,他马上拧紧瓶盖子!

小祥看见,瓶子里的水开始冒泡泡,接着水便像沸腾了一样。

辅导员说,现在瓶子里正在发生化学反应,也就是小苏打和水开始"战斗",结果就会产生二氧化碳,那柠檬酸能让汽水有很香的口感。他还说,如果要做橘子味的汽水,在里面加些橘子汁就可以……

大家紧紧盯着"沸腾"的汽水瓶,一会儿的工夫,里面的水平静了。辅导员马上说:"这个时候瓶子里的压力还是很大,里面有很多的气体被压缩着,所以有时候,打开汽水瓶盖的时候,能看见水喷出来,能听见'嗞嗞'的声音。有些气体还溶解在水里,当我们把它喝到肚子里,那些气从水里跑出来,所以我们就打嗝,呃呃——"说着,辅导员学起了打嗝的声音,大家都笑了。

辅导员打开了刚刚做好的这瓶汽水,让大家品尝。每个人都急忙接过去喝上两口,喝的时候没有不喊叫的。轮到小祥喝的时候,他首先感到的是一股"辣味",然后就是果酸的清香——真棒!和外面买的汽水几乎没有区别!

接下来,在辅导员的辅导下,每个同学拿一个汽水瓶子开始做自己的汽水。药品的多少,辅导员都是在天平上给大家一点点儿称出来的。在水倒进瓶子里,瓶子里将要发生"战斗"的前夕,每个同学都有些害怕,请辅导员在一旁指导。

大家都顺利地完成了被叫作"化学反应"的"战斗",喝上了自己做的汽水。那时候,大家都非常佩服冯辅导员这个大哥哥。

陈燕平拿着自己制作的汽水对辅导员说:"如果打开盖,是不是就不好喝了?"

辅导员奇怪地看着他:"打开盖就喝,等气跑光了就没味道了,汽水汽水,要的就是这个气呀!"

陈燕平转身拿起了自己带来的水壶:"我想把汽水倒在我的水壶里带回家喝……"

"在这儿现喝多好,多费事呀!带回去就不好了……"大家七嘴八舌地说。几句话之后,大家安静了——陈燕平要把汽水带回家,是不是要给妈妈喝呀?这个心思大家是渐渐明白的,可是都没有明说。

　　冯辅导员非常贴心,他拿过陈燕平的水壶,按照刚才的剂量和方法在这个铝质的水壶里给陈燕平又做了一瓶汽水。他把瓶盖拧紧说:"回家打开之前,不要晃这个水壶,静一会儿……"

　　几个同学都有点儿后悔,早知道这样,带着水壶来多好!

第三十五章

营火晚会

小学的六一儿童节活动丰富多彩。每次过"六一",总有些同学被选去参加各种北京市或者区里的活动。一般就是挑选长得好看的、学习成绩优秀的,或者少先队的干部。宋小惠每次都会被选上,这么说吧,班上就是选一个同学参加校外活动,那也是宋小惠。

　　小祥有时候也会被选上,但是机会比较少。这次"六一",班上选了六个同学去参加校外的活动,没有他。虽然学校自己组织的活动也是非常精彩的,小祥还是有点儿高兴不起来。

　　这次"六一"节,学校宣布要组织营火晚会。听说就是在操场中间点起一个很大的火堆,同学们围在周围唱歌跳舞。

　　本来宋小惠有个荷花舞,刘光庭有个快板,因为人走了,这些节目就不能演了。袁老师要求同学们踊跃报名参加演出。

　　"他们去参加'高级'的活动,玩开心了。我们剩下的还要表演节目,倒霉透了。"小祥不平地想。

　　袁老师忽然叫到了他:"吉祥同学,听说你在幼儿园的时候还表演过朱大嫂，这次出个节目吧。"

小祥站起来，拼命摇头，他知道那个节目在幼稚园演还可以，现在都小学高年级了，再演那个不是太幼稚了吗？在幼稚园的时候不知道好赖，现在再唱《朱大嫂送鸡蛋》，再唱什么《小女婿》，想都不敢想……班上的杨桂荣会唱《绣金匾》，她的嗓子不但好听，还能唱很高的音。不论她在班上唱还是学校的联欢会上唱，都能得到热烈的掌声。自己唱的和人家比还能算个节目吗？

袁老师看小祥那可怜的几乎要哭出来的样子，也就不再勉强。

小祥现在也知道害羞了。尤其是面对女同学，他动不动就脸红。

比小祥低一个年级有个女生名字叫吴静宜，去年"六一"节的时候，她表演了柔软体操。全校老师和同学都赞不绝口。后来听说，人家父母就是杂技团的。从那天起，小祥在学校里看见吴静宜的时候总是忍不住多看几眼。有一天，小祥担任全校的值日生，在学校门口检查"三带"——上学要带手绢、水碗和口罩。

他忽然看见吴静宜远远地走来，立刻觉得紧张起来，心也在怦怦乱跳。一分钟过去了，又一分钟过去了，吴静宜走到他的跟前，小祥很想和她说几句话。

吴静宜把"三带"举起来给值日生看。

看见她的水碗是个很大的搪瓷缸子，小祥就说："你的水碗这么大呀！"

吴静宜什么也没有说，把"三带"收到书包里就进了学校的门。

小祥就说了一句话，还紧张成这个样子。你想想，如果一上台，看见那么多同学，尤其是女同学，肯定紧张得不得了，还表演什么节目呀。

"六一"晚会，小祥就想要当个老老实实的观众。

放学的路上，陈燕平在后面叫住了小祥："你怎么不报名呀？"

小祥摇摇头。

"你不是会吹笛子吗？"

"我只会吹《白毛女》里的《北风吹》。"小祥实话实说，"可要是表演节目那还不成。"

"我问你，笛子上面贴的那个膜儿是什么东西？"陈燕平忽然问。

小祥来了精神:"那个膜儿就是竹子里的那层薄膜,或者芦苇里的薄膜都可以,要是讲究的得用大蒜里的膜涂在笛子上粘住,音色最好……"

"要是不讲究,凑合呢?"

"那就用棉纸拿糨子贴,就咱们大字本的纸就成。"

"哦,明白了。"陈燕平点点头。

"你要表演吹笛子?"小祥问。

陈燕平摇摇头:"暂时还不能对你说。"

"你真没劲! 不说拉倒!"

陈燕平想了想说:"你要是答应和我一块演,我就告诉你。"

"你先说,我再决定。"

"你先答应,我就告诉你!"

"要是吹笛子我可不干。"

"不是吹笛子。"

"那是什么?"

"吹算盘珠儿。"

小祥愣住了:"算盘珠儿怎么吹?"

小祥跟着陈燕平来到他们家,看着陈燕平从抽屉里取出几个算盘珠儿。算盘珠儿在算盘里搁着挺正常,离开了算盘,单摆浮搁的就给人佛珠儿的感觉了。陈燕平拿一小块比大字本还薄的棉纸贴在算盘珠的孔上,然后就用嘴吹:嘟嘟嘟——嘟——嘟嘟嘟——

《北风吹》的旋律响起来。

人嘴里的高低不平的"嘟嘟"声通过算盘珠的棉纸发出的声音很怪,首先不是嗓子的声音了,也不是笛子的声音,而是一种好听的"呜呜"声。

小祥一下子就明白了,他有点儿愿意和陈燕平一起吹算盘珠儿了。

他们去请教教音乐的李老师,李老师不但鼓励他们,还告诉他们俩,第一段要"独奏",第二段要"伴奏"——陈燕平吹旋律,小祥只吹伴奏,就是反复吹两个音。第三段两个人一起"合奏"。

接下来的几天,两个人练得腮帮子都有点儿疼。

"六一"那天晚上的营火晚会,第一个节目是杨桂荣的女声独唱——《绣金匾》,第二个节目是吴静宜的柔软体操,第三个节目就是陈燕平和小祥的"吹算盘珠儿"。他们吹的第一首歌是《早操歌》:

天上的朝霞好像百花开放,树上的小鸟快乐地歌唱。早晨的空气多么新鲜,早晨的风呀多么清爽,我们天天起得早,起来就做早操。

熊熊的篝火燃烧得正旺,他们两个的脸被篝火映得通红。吹到后两句的时候,全校同学都忍不住大声唱起来:"我们天天起得早,起来就做早操。"

麦克风给了他们带来意外的惊喜。吹算盘珠儿的声音通过麦克风以后特别像大号的声音。

当小祥走到自己班级坐下的时候,他看见袁老师、杨桂荣还有吴静宜都在给他们热烈地鼓掌。

第三十六章

什刹海的冰

一个星期日的早晨,小南屋烟囱的拐脖儿坏了,外边风一吹,烟就往屋里倒灌。

父亲让大祥去买一个新的。

"去哪儿买?"哥哥问。

"去新街口吧,带着小祥去!"

小祥很高兴,看着哥哥的脸。大祥有点儿不乐意,好像平白多了个累赘,有点儿勉强地说:"我可是走路去,别半道跟我说累……"

母亲走过来,给小祥戴上棉帽子,又扣好棉大衣上面的扣。

小祥跟着哥哥出了门。正是三九天,天上飘着小雪花,胡同里的积水都结成了冰,从家到胡同口可以打好几个冰出溜儿。

哥哥忽然说:"咱们先上什刹海,从那边再去新街口。"

一说什刹海,小祥就知道了哥哥的心思。春天哥哥到那里放风筝,夏天去游泳,冬天去滑冰。可是哥哥今天也没带冰鞋呀!

"我带你去个好玩的地方。"大祥神秘地说。

小祥眼睛一亮,浑身顿时充满了力气。

穿过赵登禹路,过了宝禅寺、护国寺,走过梅兰芳家,远远的就是恭王府了。听说现在那里面也住着个大首长。大街开始往右斜了,再路过一家大使馆,出了街口就是北海后门了。北海后门对着的就是什刹海。

小祥有点儿累了。

大祥问:"累吗?"

小祥不敢说累,没说话,但是脚步明显地慢下来了。

"一会儿就到。"哥哥说着拍拍他的肩。

小祥跟着哥哥沿着什刹海边上往北走,走着走着,哥哥忽然指着前面说:"小祥,你看——"

小祥抬起头,前面的天地突然宽了,一大片结了冰的湖面出现在眼前。冰面上还有走动的人和木板小车。这么冷的天,居然还能看见一方蓝色的湖水在冰面底下荡漾,那是因为水面上结成的冰有一块被人们凿了下来,水面才显了出来。

几块很大的方方整整的冰块放在一边,正有人把它们往远处推。

哥哥领着小祥往前走。白色的雾气偶尔飘过,让冰面显得不太真切。

冰面上有十几个背着绳子的工人在忙碌着——有工人用绳上的铁钩钩住冰块,然后把绳子搭在肩上,戴着手套的双手在衣服上"噗哒噗哒"一拍,躬起身子,拽紧了绳子,沿着铺好的滑道一步一步把冰往岸边拉……

小祥愣住了,他第一次见到这样的场面,觉得很壮观!

"他们拉冰干什么呀?"小祥问。

"冬天把这些冰存起来,夏天好用呀。"哥哥说。

"存在哪里呀?"

"存在冰窖里呀! 你夏天喝的冰镇汽水、冰镇西瓜用的都是冬天的冰。"

一个熟悉的身影出现在冰面上,棉帽子的耳朵朝上翻着,可戴可不戴的样子,那个人这么冷的天居然还穿着夹衣,脖子上有条围巾垂下来。他正拉着一块冰一步一步朝岸上走来,当他抬起头的时候,小祥认出来了,他是董大爷的大孙子大圆……

"哥,你看那是大圆。"

"啊,真的是他,他怎么会在这儿?"哥哥也很奇怪。

董大爷的大儿子,小祥叫他大哥,已经五十多岁了,他的大儿子就是大圆。大圆是南开大学的学生。他比大祥年龄大。

圆圆的脸庞，高大而魁梧的个子，走在胡同里遇上，就像个大人的模样。他总是微笑着，目光很镇静。今天在这里遇到他，小祥和哥哥都觉得意外。

哥哥拉着小祥从岸边往下跑，径直跑到冰块的后面，伸手帮助大圆往前推。大圆回过头，看见了他们："哟！我以为谁呢，敢情是你们哥儿俩呀！干什么来了？"

"没事儿，就是来看热闹，你怎么在这儿拉冰呀？"

"挣钱呀，还能长见识！"大圆说。他的脸上还有汗珠，怪不得穿夹衣呢！

"你不上学了？"哥哥问。

"放寒假了呀！"

"这块冰挺沉的吧？"

"三尺长两尺宽两尺厚……得有三百多斤！"大圆说话就像个地地道道的工人。

"这些冰一样大小吗？"

"差不多吧，都这么大，还要看冰冻得怎么样。天气要是不冷，你想冻厚了也不成不是？"

小祥忽然问："大圆，这冰拉到哪儿去呀？"

"豁口外的冰窖口。恭王府那儿也有个冰窖，现在不用了。"

"就你这么用绳子拉呀？"哥哥问。

大圆笑笑："有卡车拉。"

冰拉到了岸边，有人接应。大圆转身朝冰面上走去，走了两步又走回来对小祥和大祥说："我拉冰的事儿，别跟我家里说！"

小祥和大祥点点头。

望着大圆远去的背影，小祥觉得大圆就像一个侠客。什么是侠客？小祥认为，侠客第一要有本事，第二要含而不露。南开大学的学生还没本事吗？一个大学生居然来什刹海拉冰——做这些苦活儿累活儿，谁也想不到呀！他拉冰就是在练武功，还不让告诉别人……

"今天没白来吧？"哥哥拍了一下小祥的手。

小祥点点头，他忽然想起了同班同学梅嘉莉家里的小冰柜。

今年夏天，有一次他和刘光庭到梅嘉莉家去玩，梅嘉莉的妈妈给他们两个人每人一块西瓜。西瓜冰凉冰凉的，吃着甭提多舒服了。小祥忍不住问："你们家的西瓜也是在凉水里泡过的吗？"

梅嘉莉笑笑，领着他们来到了一个木头柜子面前，那个小柜子门上面还雕刻了许多好看的花纹。梅嘉莉打开小柜门,小祥愣住了。

小柜子分为两层,上面是半个西瓜和几瓶汽水,下面是一块足有一尺长的冰块。那冰块还冒着冷气呢!

"这是哪儿来的冰呀?"

梅嘉莉笑笑:"每天都有人送……"

看着眼前的湖面,小祥今天把这两件事情对上号了——明年夏天最热的时候,梅嘉莉家里的小冰柜里没准儿就有大圆今天从什刹海拉上来的冰块!

"哥,你行吗?"小祥指着大圆的方向。

"行吗?"哥哥的眼睛瞪圆了说,"你把那个'吗'字给我去了!"

小祥知道哥哥是有雄心壮志的。

"咱们一会儿去哪儿呀?"哥哥问。

"哥哥,烟囱的拐脖儿还没有买呢,别忘了。"

第三十七章

姐姐去了外地

小祥在一天天地长大,哥哥和姐姐也在一天天地长大,小祥小学快毕业了,哥哥姐姐也要参加工作了。

　　姐姐没有去郊区的工厂,姐姐结了婚。姐姐结婚的时候,小祥还在上小学,后来因为姐夫调动工作,姐姐跟着姐夫去了山西的大同。

　　听说姐姐要离开家去外地,小祥顿时觉得心里空空落落的。姐姐安慰他说,没关系,姐姐会经常回来看你的。话还没有说完,姐姐已经在擦眼泪了。

　　姐姐走后的那两年,每个月底就成了小祥的节日,因为每个月底小祥都会收到一个小小的包裹。打开一看,是书! 小祥第一次拥有的童话书就是姐姐寄来的。

　　那本童话书里有个故事:一个年轻的猎人从网下救了一只鸽子。有一次猎人中了魔法,他就要死去了,只有在午夜时候,教堂的钟声响了,他才有复活的机会。万念俱灰的时候,教堂的钟声隐约地响了一下,原来是那只鸽子奋力地拼死一撞……

小祥的心里似乎也被那只报恩的鸽子轻轻地撞击着……

姐姐有个红色的小木箱，上面是一把中式的小铜锁。姐姐拾掇小箱子的时候，总是背着小祥，越是这样，小祥越是好奇。他毫无道理地向妈妈告姐姐的状，说姐姐不让他看小红箱子。

姐姐和姐夫要离开家的时候，姐姐把小祥叫到跟前，打开小箱子庄重地说："姐姐走了，今天姐姐把这个小箱子给你……"

小箱子里面有几支崭新的铅笔，有树叶做成的书签，有十几张香烟画片，上面都是穿着旗袍的大美人，还有两个小本子。

姐姐从箱子里拿出两张照片，一张是周璇，另一张是夏梦。

姐姐说："小箱子送给你，里面的东西也都给你……"她的话刚一说完，小祥就忍不住哭了起来。

姐姐拍着他的头说："这个小箱子你替我保管着，等我回北京的时候，你再还给我。"

小祥点点头。当时他就想过，一个神秘的箱子为什么要打开呢？打开了，就什么梦想也没有了。那个小小的红箱子要是一辈子也没有打开那有多好呀！

第三十八章

哥哥当了工人

小祥小学四年级的时候,国家招工人,哥哥到包头的一家工厂当了工人。他离开的时候,把床下面两袋弹球给了小祥。

一个月后,哥哥来信了,信封下面的地址是个数字,后面写着"××号信箱"。信的开头说:父母大人安好。

父亲戴上眼镜,眉头舒展了,边看边对母亲说,大祥说他在包头很好。那是一家保密工厂,不能告诉我们他具体的工作情况。

妈妈接过信说:"这孩子懂事了,可以放心了,可惜信太短了……"

以后,每一两个月大祥都有信来,这成了父亲和母亲的安慰。又过了一年,哥哥来信说他受到领导的重视,被调到了一个重要的位置,主要是做电焊的工作。

大家立刻想到了大街上修水壶和脸盆的"焊洋铁壶"的师傅。

小祥说:"哥哥做的可不是焊洋铁壶的电焊……"

父亲高兴了,他摸了一下小祥的脸蛋说:"小祥说得对!大祥做的可不是大街上那种电焊!"那天吃晚饭的时候,小祥的话被父亲重复了三遍。

又有一封来信,哥哥说他已经成了电焊组的组长了。

母亲对父亲说:"大祥真的有出息了。你以前是不是对他管得太严了?那次你拆他的鸽子笼,太厉害了……"

父亲没有说话,好半天才说:"唉!话看怎么说,养不教,父之过,这也是为他好嘛!"

有封信里哥哥说他还参加了厂子里的业余京剧团,唱老生,父亲看着信,一直乐呵呵的。

有三个月哥哥没有来信了。全家开始担心了。

"大祥还没有来信。上封信你给他回了吗?"母亲问。

"回了,保密工厂可能要求严……"父亲说。

哥哥终于来信了,说领导找他谈话了,因为家里有历史问题,不适合在保密工厂工作。如果愿意的话可以介绍他到包头一家普通工厂工作——那是一家拖拉机厂。信的结尾哥哥说,他想辞职回北京。

母亲看着父亲,父亲看着天花板像是自言自语:"唉!是我连累了孩子呀……"

父亲呆呆地望着窗户，好像有眼泪要流出来了。

哥哥回到北京的时候，小祥已经小学毕业了。一年之后哥哥找了一家街道工厂去工作。哥哥不像原来那样淘气了，也没有原来那么好玩了。他不愿意问哥哥从保密厂调出的事情，因为大家都心知肚明，小祥没想到用什么话来安慰哥哥……

后来小祥长大了，和哥哥提起往事，问他那次弄坏老鹰风筝他为什么没有对自己发脾气。哥哥只是说，那事情也赖我，我要是在翅膀的两侧都粘一点儿棉纸就好了。嘿！风筝坏了可以再买，可我只有一个弟弟。

那一刻，小祥心中一动……

尾声

小祥家里有个玻璃鱼缸放在圆圆的茶几上。鱼缸是椭圆形的，一尺多见方，放在楠木雕成的架子上，中间有块大红的棉垫，鱼缸坐在上面，屋里显得喜气洋洋的。这鱼缸的腰上，匠人把玻璃面打磨成鱼鳞的形状。从外面再看鱼缸里的金鱼，那金鱼就被放大了好几倍，飘忽不定。

　　哥哥走之前，那个鱼缸放在哥哥的房间。哥哥去包头那年的冬天，来信特意说，"告诉小祥，我的屋里还有两条金鱼，让他给我搬到他的屋里"。

　　小祥一愣，拿了钥匙就往哥哥屋里跑，那个屋子里没住人也没有生火。小祥开锁进去，发现鱼缸里的水全都结成了冰。两只金鱼还是那种飘逸灵动的姿势。

　　小祥伸手摸摸水面，硬邦邦的都成了冰面，那两只金鱼成了美丽的冰雕。小祥傻了，早应该想到呀！现在也没有办法了，等到天暖和了再说吧！

　　三年以后，哥哥要回来了，小祥又来到哥哥住的小屋。他万万没有想到两条金鱼还是三年前冬天的样子。

母亲给屋里生了火。

哥哥回来了,他第一眼看到的就是金鱼。小祥的心都跳到嗓子眼了。

屋里渐渐暖和起来,冰渐渐融化了。做梦也没有想到,那金鱼居然动了。不但动了,它居然游动起来,一只动了,另一只也动了……

后记

　　当我把《吉祥时光》的"完成稿"交给编辑的时候,我发现我还有许多东西没有写。

　　我没有写西墙下的夹竹桃:雨后的院子,蜻蜓在空中飞舞,有的一只架在另一只的身上飞,我们不知道这是爱情,我们管它们叫"架彩";有的蜻蜓落在盛开的夹竹桃上,悄悄地走过去,一抓一个……如果能抓到"膏药"或者"捞兹儿"(两种特殊花纹的蜻蜓),那就是中彩了。

　　我没有写草地上的指甲草:姐姐把指甲草上的花瓣摘下,用小木棍儿在石头上捣碎,除了把她的指甲涂得通红,还把它涂在我的腮上,我们一起哈哈大笑……

　　我没有写小南屋前的玉簪棒:我一岁的时候,手里拿着含苞的白花儿,光着屁股和它合影。那张照片被压在玻璃板下,最精彩的地方后来被沁进的水沾掉了……

我还没有写枣树上的杨刺子:那绿色的虫子几乎蜇遍了家里所有的人,但回忆起枣树时,它与又脆又甜的枣子却同样出现在你的眼前……用现在的眼光观察杨刺子,它的外表是很酷的。

想到这些难忘的小生命,似乎被写空了的心忽然又变得充盈起来。

书写自己的童年是我多年的愿望,但是有一天,当我提起笔来的时候,我发现开始的时间太晚了,许多事情已经不记得了。尤其是那些情感和话语,那些声音和颜色。

那个家、那个院子我已经离开了五十年,许多人和事都已随风而去,留下的也已经支离破碎……岁月流逝,星光逐渐暗淡。除了时间和距离,还因为十年特殊时期摧残了那里无辜的树木花朵,摧毁了那里善良的生命……

"想不起"和"不愿想起",让我沉重而纠结。我想念那个地方,但是我不愿意回去,那里有我难忘的美好时光,也有不堪回首的记忆……

我看着大楼拐角的一株玉兰,已经是冬天了,没有一片树叶,却有一个个"花苞"俏立枝头,我实在分不清这是玉兰树的

"迟暮"还是蓄势待发的"新生"。

我就像在冬天的季节里寻找春天的花朵,艰难虽是艰难,但生命的绽放总是给我意外的惊喜!

我还是要写,童年在记忆的深处,当你试图唤醒它的时候。有时候它像个陌生人一样走到你面前,让你不由不怀疑,这是我的童年吗,还是我的思念走火入魔了?有时候它却又奇迹般跳起来拥抱你,让你返老还童。

我努力地在写。生活本来馈赠给我的"戏剧性"的可以变成故事的情节都随着时光消失了,尤其是那些细节和语言。剩下的只是一个个镜头和画面,缺少的是动人的感情的记忆。

有人说,大人物的回忆是属于"历史"的,小人物的回忆则是属于"文学"的。我虽然是个小人物,但心中童年的故事里也有刻骨铭心的历史,我不愿意让我的读者以为我的童年是在一个虚无的年代度过的。我希望读者能看到过去,能看到那个时代中一个真实的童年。

我用心地在写。这不是一部回忆录,因为我的童年里还有属于文学的人性和温情,也有可以启迪人生的智慧与文化。我们的心是相通的,我相信,我的童年若写到心灵深处,便也是你的童年。

这几年因为各种机会让我看到许多作家书写自己童年的书。我有兴趣思考和讨论这个问题,我也从同行和朋友们的作品中学习到不少经验。

希望把童年写成一部文学作品,那就要在真实的基础上有适当的虚构。但是许多写作者在书写的时候都发现,真实的生活是排斥虚构的。但是没有虚构,就没有"文学"。我理解的这里的虚构,实际是感受过、思考过的生活。我现在写下的"文学"是感受过的生活。

我自己在书写童年的时候,经常遇到几个问题:重大历史事件和普通生活的关系,沉重与轻松的关系,童年中儿童视角与书写者当下思索经验的关系。

不断地遇到,不断地克服,也就不断地获得成功感。

我还想写出老北京的文化,可什么是北京文化呢?北京文化有好多种,皇家文化、士大夫文化、平民文化。我们的主人公的身份决定了他的文化阶层,而不是非要找个京剧演员或者八旗子弟来站脚助威。

北京有句老话:东富西贵,南贱北贫。在 20 世纪 50 年代,虽说都是北京,但各地区又都有自己的文化和语言。有些俏皮话很有色彩,反问句居多,大都用在不太友好的场合。售票员问:"先生,您买票了吗?"这位先生不高兴了,就回答:"买票了吗?你把这个'吗'字给我去掉成吗?"再比如,甲不小心碰了乙,甲说:"哟,没看见——"乙回答:"没看见?!你长着眼睛是喘气儿用的?"

这些对话有特点,但不能代表老北京人都那样说话。我觉得古道热肠是老北京人一个特点,凡事要讲个"理儿"也是如此。我尽力而为,不太刻意。

我还庄重地在写。我要用这部作品寄托我对父亲、母亲、姐姐的思念,送给我还健在的哥哥、我的朋友们,同时献给那些真诚和善良的好人。

感谢作家出版社的编辑左昡、邢宝丹。感谢那些支持和鼓励我写作的读者朋友!

往事的馈赠

李东华

评论

李东华，儿童文学作家、评论家、《人民文学》副主编。出版有《薇拉的天空》《少年的荣耀》等作品二十余部。曾荣获冰心儿童图书奖、第十届庄重文学奖、第八届全国优秀儿童文学奖、中宣部第十三届"五个一工程"奖、2014中国好书奖、陈伯吹国际儿童文学奖、上海好童书奖等奖项。

那个叫"吉祥"的小男孩生活在1948年到1957年的北京，对中国人来说，那可真是一个"天翻地覆慨而慷"的大时代。这个大时代落在一个小孩子的眼里，经过一颗稚嫩心灵的过滤，那差不多是从大海中捞起一滴水，从整个冬天采撷一朵雪花。然而，在一个老到而"狡猾"的作家笔下，一朵轻盈的雪花足可托举起整个沉甸甸的冬天。张之路先生有着精准的记忆力，仿佛那个叫"吉祥"的小男孩始终活在他的身体里，他自始至终都是用吉祥的感官去听、去看、去体味。这个小孩子关心的事情和大人们很不一样，大人们关注的那些宏大的事件他的眼睛可能一扫而过，甚至忽略不计，他关心的事是九岁了还没有戴上红领巾的烦恼；是哥哥的老鹰、鸽子；是指甲盖大小的天青色的水牛儿；是到同学家去听当时还很罕见的收音机；是到书店租小人儿书……这些短小、精悍、碎片式的故事，就像作者在"引子"中写到的小石子。当把这些散落的小石子放在一个玻璃瓶子里，灌上水，这些干巴巴的小石子便在水的滋润下像一段段凝固的时光被重新唤醒，焕发出五彩的光芒，而这些光芒又无不是时代之光的折射。

　　比如写到吉祥去幼稚园路上常常遇到的一对要饭的母女，作者并没有陷入"凡是穷人必老实怯懦"的俗套，而是忠实地写出这娘儿俩爱骂人的强悍性格——也许这正是穷人们用来自我保护的铠甲，对小吉祥来说，对她俩既同情又害怕。新中国成立后，吉祥听说"要饭的娘儿俩都到一个街道的合作社去糊火柴盒了"，一句话让读者看到在时代变迁中个人命运的沉浮，而小吉祥听后更是"心里一阵欢喜，上幼稚园的时候再也不用担惊受怕了。"常常是这样的孩子气的神来之笔，冲淡了生活中的苦难和艰辛的沉重色彩。比如写到吉祥一家从大户人家陷入贫困之后，妈妈用降落伞布给吉祥做了一件衬衫，这件衬衫不透气，吉祥一开始不乐意穿，当老师和同学误以为那是抗日的飞行员用过的降落伞时，吉祥又充满了自豪感，天天想穿，可是当知道了降落伞并非来自抗日英雄，吉祥又不乐意穿降落伞做的衬衫了。已经知道爱美的他渴望一件真正的白衬衫，尤其是在过队日的时候。最后，院里那个发明家老先生把降落伞的衬衣改成了一把雨伞，让一直渴望有一把真正的伞却没钱买的吉祥，终于拥有了一把奇特的雨伞。在这个短小却一波三折的故事里，有战争、政治的投影，有命运的跌宕起伏，这一切作者都只是点到为止，没有深入，然而又是不写之写，是留白，是冰山沉在海水下面的那一部分，却又在一个小男孩的成长故事里，通过旁敲侧击，通过声东击西，把个体内心的涟漪和时代风云的涌动不动声色地勾连起来，有着"有话则短，无话则长"的意味。

《吉祥时光》有着中国古典笔记体小说的简洁韵味。它体量虽小，描摹的人物却为数众多且个个鲜活。吉祥家是家道中落的大户人家，所住院子甚大，困顿之后就出租房子，因而他见识的人就分外多些。除了自己的爸爸妈妈哥哥姐姐，还有租客日本女孩幸子、发明家老先生一家等等；又由小院扩展出去，进而描摹了他身边的邻居以及他在幼稚园和学校遇到的老师和同学……张之路先生写人物，擅长抓点睛处，往往寥寥数笔就把一个人写活了。主角吉祥是个懂事、有点儿羞涩却又争强好胜的小男孩儿，他长相清秀如女孩，所以对自己的性别特别看重，当幼稚园老师让他演"朱大嫂"时，能当演员他很兴奋，但男扮女装又让他很抗拒，这样纠结的心理一直贯穿于他成长的整个历程：不喜欢显摆，却又在书店老板面前背出《水浒传》里一百单八将时的得意；同情女同学小新子，从来不喊她的绰号，却又怕淘气的男生们说他俩"相好"，所以当小新子在作文里写喜欢他时，他又气急败坏地当众喊出小新子的绰号；他自认为胆小，但一个男孩子在童年该玩的恶作剧、该淘的气、该犯的错，他似乎都没有错过……作者抓住了一个男孩子的典型心理，只用不长的篇幅就把吉祥写得活灵活现。而吉祥之外，其他的配角也无不栩栩如生。

想来"吉祥"该是中国人用得最为普遍的一个词吧——无论世事如何变迁、风云如何变幻，中国人送给自己和别人的祝福永远是"吉祥如意"。用"吉祥"命名小说里作为主角的小男孩以及小男孩经历的成长岁月，既是一石二鸟的叙事策略，更是作者对流逝的童年时光一种不容置疑的肯定。经历了漫长岁月的淘洗，还能在一个人心上留下的，必是沙里拣出的金子，也是往事能够馈赠给现在乃至未来的最好的礼物。作者写院子里住的日本女孩幸子，总是挨父亲的打，有一次父亲又要打她的时候，吉祥向妈妈求助，妈妈就带着吉祥来到幸子的家里，妈妈一句也没提幸子要挨打的事，只是跟她父亲说让幸子帮着量量鞋样子，一边量一边夸了幸子很多的好话，后来，幸子真的没有挨打。妈妈的善良和智慧就在这样一些小小的细节中凸显出来。当看到旁边的人落难时，马上伸出援助之手，却又给对方留有面子，不说破对方的窘境，让人看到老北京人的仁义、热心肠和善解人意，人情通达但不世故。这样的细节在书中俯拾皆是，比如在那个物质匮乏的年代里，到别人家串门，到开饭的时候一定要离开，免得人家为难。吉祥的好朋友老德子没能经得起吉祥家饺子的诱惑，到了饭点也没走，可他刚刚吃了一个饺子，吉祥就看了他一眼，这一眼让自尊心强的老德子赶紧走了。后来，吉祥到老德子家玩，老德子却不计前嫌请他吃玉米贴饼子。这些点点滴滴的日常小事，写出了蕴藏其中的人情之美，而这种淳朴的人性，又分明照见了今天世道人心的某种缺失。

《吉祥时光》文风冲淡平和，始终充盈着一种诗意的温情的气息。它是个体的童年回忆性书写，却并不属于个人的怀旧式的惆怅回望，它试图捕捉住在飞速流转的时光中那些遗落的美好、那些童年的真趣，和今日的孩子一同分享，一同品味，一同守望。